愛弟子に裏切られて死んだおっさん勇者、史上最強の魔王として生き返る

03

Manadeshi ni Uragirarete Shinda Ossan Yu-sha,
Shijyosaikyo no Maou Toshite Ikikaeru

六志麻あさ
written by rokushimaasa

イラスト／カンザリン
illustration by kanzarin

CHARACTER

フリード

元勇者。先代魔王もろとも殺されたが、新たな魔王として生き返った。歴代魔王の誰よりも高いレベルの魔力を持つ。

ステラ

七大魔軍長の一人。第三の眼による千里眼の能力を持つ。フリードの正体を知っていて、秘書のように付き従う。

ジュダ

歴代魔王を凌ぐ程の魔力を持つ七大魔軍長の一人。『極魔導』の異名を持つ。

リーガル

『不死王』の異名を持つ七大魔軍長の一人。フリードの力を認め、力を貸す。

フェリア

相手を眠らせ『夢幻の世界』へ引き込む能力を持つサキュバス。『夢魔姫』の異名を持つ七大魔軍長。

ルドミラ

最強の四人の勇者『四天聖剣』のうちの一人。一度に 777 本の矢を放つ奇蹟兵装『ラファエル』を持つ。

リリム

スライムの眷属。普段は人型だが、戦闘時には隊長としてスライム状に体を変化させて戦う。

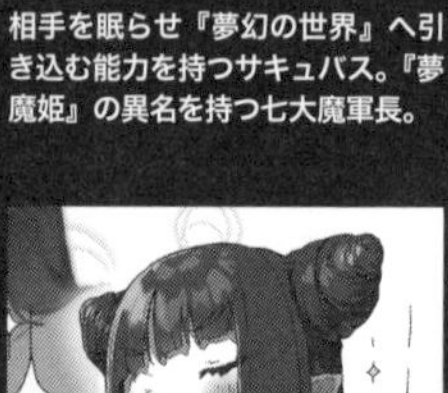

ユリーシャ

ライルによって殺された先代魔王。今は魂だけになって魔王城の一室に居座っている。

OUTLINE

愛弟子・ライルの裏切りにより魔王もろとも殺されてしまったフリードは魔王ユリーシャの蘇生魔法の影響で新たな魔王として蘇る。魔王軍幹部のステラに導かれ、かつて仲間だった勇者たちとの戦いに身を投じたフリードは、戦場でライルと再会すると、裏切った弟子への復讐を果たし、勇者たちを侵攻を退けた。次なる勇者たちとの戦いに備え、魔界の防衛体制の強化に取り組んでいたフリードたちの前に、神話の時代に多くの魔族を滅ぼした対魔王用決戦兵器『天想覇王』が突如現れる。激闘の末『天想覇王』を倒し、魔界を守ったフリードだったが『天想覇王』が魔界に残した爪痕は大きく、魔界を守る結界には大きな亀裂が入ってしまう……。

INDEX

—— 第七章 ——

決戦への序曲

005

—— 第八章 ——

第二次勇者侵攻戦

065

—— 第九章 ——

魔軍長たちの岐路

167

—— 第十章 ——

魔界動乱

219

—— 特別収録 ——

獣帝の野望

307

Manadeshi ni Uragirarete Shinda Ossan Yu-sha,
Shijyosaikyo no Maou Toshite Ikikaeru

第七章

決戦への序曲

Manadeshi ni Uragirarete Shinda Ossan Yu-sha,
Shijyosaikyo no Maou Toshite Ikikaeru

空に、いくつもの亀裂が走っていた。

「どうだ、ジュダ?」

「……結界にかなりの損傷があるね」

光の王を倒し、ジュダやフェリアたちが戻ってきた後――俺はジュダとともに魔界の結界を調査していた。

光の王が繰り出した、魔界の地形を変えるほどの魔力攻撃は、結界にまでダメージを与えていたようだ。

中空に走った真一文字の亀裂は、この付近だけで七つほどある。それらの向こうには、黒い闇がたゆたっていた。

魔界を守る結界にヒビが入り、その向こう側の亜空間が見えているのだ。

――あと二ヶ月もすれば、勇者たちが結界を壊して攻めてくる。

だが、結界が脆くなってしまった以上、それが早まる可能性もあるな。

「光の王の攻撃が直撃した付近の空間には、特に大きな亀裂が入ってるよ」

と、説明するジュダ。

「あの攻撃は物理的な被害だけじゃなく、空間そのものにもダメージを与えるようだね」

「とんでもない置き土産だ」

俺は仮面の下でため息をついた。

ちなみに、この仮面はステラが新たに作ってくれたものだ。前の仮面は光の王の自爆を抑えこんだ際に壊れてしまった。ローブもボロボロになったが、こっちは新調している暇がなかったので、とりあえずそのままで飛んできてしまった。

「とはいえ、慌てても仕方ないよ。どのみち、人間たちが攻めてくることに変わりない」

「大切なのは備えること、か」

ここには重点的に警備兵を配置しておこう。指揮はリーガル辺りに任せるか。

「あまり一人で張り詰めないこと、かな」

ジュダが微笑んだ。

「魔王や魔軍長が結束して伝説の天軍兵器を退けたんだ。祝勝の宴でも開いたらどう？」

「宴……か」

今回の戦いでは、光の王の攻撃で犠牲者も出ていた。守れなかった悔いもある。

「犠牲者が出たのは痛ましいと思うよ」

俺の内心を見透かしたように、ジュダが言った。

「それでも、前に向かっていかなきゃ、ね。また臣下が笑って過ごせるように——あるいは、鎮魂のために。一区切りとして宴を開くのは、悪くないんじゃないかな」

「一区切り、か」

「それに、臣下へのねぎらいや士気を鼓舞するのも王の務めだよ。賞罰は政の基本でしょ」

「なるほど……」

「私もずっと隠遁生活で質素な暮らしをしていたから、久しぶりに贅沢な食事をしてみたいし」

「……お前、散々もっともらしいことを言って、本当は美味いものを食べたいだけじゃないのか？」

「ふふ」

仮面越しにジト目でにらむと、ジュダは肯定も否定もせず微笑んだだけだった。

「まあ、一理ある……か」

俺は苦笑交じりにつぶやいた。


翌日の夜、天想覇王《ディヴァインギア》を撃退した祝勝の宴を開いた。

例によって、手配はステラが全部やってくれた。あいかわらず有能だ。

で、魔軍長たち幹部クラスから城の兵や文官たちまでを集めて、盛大な宴が始まった。

「ささ、ぐーっと」

警備隊長のリリムが俺に酒を注いでくれた。

「ありがとう。リリムもステラたちと連携してよくやってくれた」

「あたしは今回、裏方メインでしたから～」

「いや裏方も重要な仕事だ。お前には、兵たちの指揮のサポートから住民の避難誘導、負傷者への対応など色々と助けてもらった」

ステラが真面目な顔で彼女を見つめる。

「私からも礼を言う」

と、リリムに酒を注ぐステラ。

「えへへ、照れますねー。あ、ステラ様かんぱーい」

「乾杯」

互いに酒を飲み干す二人。

「あ、ステラ様、いい飲みっぷり」

「勝利の後の美酒は心地がいい」

「おいしいですよねー」

和気あいあいとした彼女たちの様子が微笑ましい。

戦いのことで、みんな思うところはあるだろう。でも、宴は宴で楽しんでいるみたいだ。

前へ進むために、か。

ジュダの言葉を思い出す。

「ふふ、思索に耽る魔王様も素敵ね」

フェリアが妖しい科《しな》を作りながら、すり寄ってきた。

「魔王様。あたしのお酒も飲んでくださらない？」

今度は彼女が俺に酒を注ぐ。それから俺の耳元に息を吹きかけながら、

「二人だけじゃなくて、あたしも侍らせてよ。なんならこの後、ベッドの中でも――」

「むむ、何をナチュラルに誘惑しているんだ、フェリア」

ステラがこっちを向いた。

「もう、怒らないでよ。ヤキモチ焼きねぇ」

「だだだだ誰がヤキモチかっ」

顔を赤くして抗議するステラ。

「やっぱりステラ様、魔王様のことを……そういえば、戦いの後で魔王様と抱き合ってませんでした？」

リリムがニヤニヤと笑う。

「な、なななな何を言うっ!?　あれは、その、えっ……み、見られてたのかっ」

ステラは顔が真っ赤だった。

まあ、あれは抱き合ったというか、仮面が割れて素顔が露出した俺を他の魔族から隠そうとしてくれていたんだろう。

「初心ねぇ」

フェリアが楽しげに目を細めた。

「でも積極的なアプローチは悪くないと思うわよ。ステラも永遠の処女からついに踏み出すときが――」

「し、処女で何が悪いかっ」

「お嬢様、結婚前の娘が少しふしだらではありませんか」

侍女のイレーネが歩み寄り、ステラの側で苦笑した。彼女はステラが魔軍長になる前から侍女を務めており、二人の親交は深い。

「イレーネ、魔軍長と呼べ」

「宴の席ですし、いいじゃありませんか。魔王様もそんなことを咎めだてしませんよ」

「これは節度の問題だ」

「お堅いですねぇ」

イレーネが微笑む。

女魔族が集まると、なんともかしましい。

「俺はちょっと他も回ってくるよ」

俺は彼女たちに断り、場を離れた。

王として、臣下たちを一通りねぎらっておこう。

いや、その場に構えて臣下たちが挨拶してくるのを待った方がいいんだろうか？

まあ、魔界の宴はあまり堅苦しい雰囲気がないし、流れに任せる感じでいいだろう。

「……そういえば、ジュダやリーガルはどうしてるんだ？」

周囲を見回す。ジュダは離れた場所にいるのか見当たらず、リーガルは端の席でちびちびと飲んでいた。

……アンデッドって酒を飲めるんだろうか？

素朴な疑問が湧く。

というか、あいつは俺が留守の間に踏ん張ってくれたからな。あらためて礼を言っておかないと。

と、リーガルのもとへ歩み寄ろうとしたところで、

「きゃあっ……!?」

飛び出してきた誰かとぶつかってしまった。

俺の前で小柄な女の子が倒れる。

「ま、魔王様、申し訳ありません」

「いや、俺はいい。大丈夫だったか？」

「はいぃぃ、私は平気ですぅ」

緊張しているのか、声がうわずっていた。

どうやら獣人系の魔族らしい。

金色の髪に赤い瞳、とんがった狐耳が可愛らしい顔立ちによく似合っていた。腰から伸びる九本の尻尾がぴょこぴょこと跳ねて、これも可愛らしい。

「ああ、私ったらなんてことを……処罰されてしまうのかしら……もしかして、あんなことやこんなことまでされて、口に出せないような行為でいたぶられたりしちゃうのかしら……あわわわ」

何やらブツブツとつぶやきながら立ち上がる少女。

「どうかしましたか、魔王様？　ん、オリヴィエじゃないか」

近づいてきたステラが狐娘に視線をやる。

「知っているのか？」

「はい、彼女はオリヴィエ・キール。獣人系魔族『九尾の狐』の眷属です」

俺の問いに答えるステラ。

「あ、自己紹介もせずに申し訳ありません、魔王様っ。妄想するのに忙しくて、つい」

彼女――オリヴィエがかしこまる。

「オリヴィエ・キールです。以後お見知りおきをっ」

「フリードだ。よろしく頼む」

「『九尾の狐』は攻守両面の魔法に優れた一族ですが、彼女は特に防御や回復の力に優れています。一族では天才と呼ばれているとか」

ステラが説明してくれた。そういえば彼女の名前には覚えがあるな。

「思い出した。邪神官《プリースト》の後任候補者の一覧で見た覚えがある」

「ええ、私が候補者にリストアップしておきました。邪神官《プリースト》は守りと癒しを主任務とする魔軍を統括する役目。彼女のような優れた癒し手は有用です」

と、ステラ。

「ただ、性格面に少々問題が――」

「あ、候補者に入れてくださっていたんですね、ステラ様ぁ」

オリヴィエがぽわんとした目で彼女を見ていた。

「光栄です――ステラ様にはずっと以前から憧れていました」

「そうか」

「クールで美しいお顔も、しなやかでスタイルのよいお体も、素敵です。憧れます。妄想がはかどりますっ」

「……そ、そうか」

引き気味のステラ。怜悧な美貌が少しこわばっているように見える。

「あ、ちなみに警備隊長のリリム様や夢魔姫《デッドチャーム》フェリア様にも憧れているんですよ。趣味で御三方の絵を描いたりして……中でも自信作はステラ様とリリム様が一糸まとわぬ姿で妖しく戯れている図で」

「待て。何を描いたんだ、お前は」

「私としてはステラ様×リリム様推しなんですけど、逆も悪くないですよね。あ、でもフェリア様×ステラ様なんかもそそると思うんです。真面目な美少女に迫る妖しい美女……無垢だった彼女はやがて淫らな悦びを覚え、肉欲に染まった爛れた日々を送ることに」

「待て待て待て待てっ」

ステラの顔がさらにこわばった。

「私で妙な妄想をするのはやめろ、オリヴィエ」

「だめ……ですか?」

抗議するステラに、オリヴィエはウルウルと瞳を潤ませた。狐耳も尻尾も力なく垂れている。

「百合は尊い……尊いんです……っ」

涙を流し、力説する彼女。

「わ、分かった……いや、その趣味はよく分からんが、少なくともお前の妄想を咎めたり、制限したりはしない」

ステラがたじろいだ。

「本当ですか」

「個人の嗜好だからな。制限する必要はないし、誰にもそんな権利はない」

告げるステラ。

「その辺は好きにしてくれ」

「では、不詳オリヴィエ・キール、これからも妄想全開で過ごさせていただきます。やったー！」

うれしそうに跳びはねた彼女の体から、青白い炎のようなオーラが立ち上った。ほとばしる魔力が衝撃波となって吹き荒れ、床に無数のヒビが入る。

「な、なんだ……!?」

「ひえっ、す、すげえ……！」

周囲の魔族が驚き、どよめいた。

「っ……！」

俺は息を飲んだ。

並の魔王クラスすら凌ぐジュダは別格としても、すさまじい魔力である。さすがに次期魔軍長候補にリストアップされるだけはあった。

「これほどとは……！」

隣でステラも驚きの声を上げている。

「……ステラ」

「はい、魔王様」

「オリヴィエの力、どう見る？」

俺はステラにそっと耳打ちした。

「候補者リストには入れていましたが、魔力評価はB－程度でした。私が見誤っていたようです……申し訳ありません」

謝るステラ。

「これなら少なくともA……あるいはA＋か、それ以上の――」

「あ、私、普段はこんなに魔力を出せないですよ？　妄想で気持ちが高ぶったときだけです、こういうふうに魔力がほとばしるのは」

オリヴィエがステラをジッと見つめる。その視線が妖しく潤んでいた。

「……邪神官《プリースト》の後任候補者として検討してもいいんじゃないか？」

「……そうですね。これほどの魔力があるなら」

ささやいた俺に、ステラもうなずく。

「ふふ、聞こえてますよ～」

ぴょこん、と狐耳を動かし、オリヴィエが笑った。

しまった、こいつ耳がいいのか。じゃあ、たぶん最初から全部聞こえてたんだな。

「すまん」

「いえいえ～。あの、私が魔軍長になるということでしょうか？」

「あくまでも候補だ。簡単には決められないからな」

俺は彼女に言った。

とはいえ、今は強い戦力が欲しい。

まず何よりも優先されるべきは、魔界全体の平和だ。オリヴィエなら、きっとその力になってくれるんじゃないだろうか。

……性格は少しアレな感じもするが。

「詳細は追って沙汰する。候補者は何名かいるからな」


宴の翌日、俺はステラとともに邪神官《プリースト》の後任選定作業に入った。

この役職に求められるのは、主に回復関連の能力だ。

オリヴィエは九尾の狐の眷属では天才と呼ばれる逸材で、魔力の低さだけがネックだった。だが、昨日の宴で見た通り、妄想をトリガーにして魔力が大幅に増大するらしい。

ステラの調査では分からなかった新たな事実である。

他の候補者も吟味した上で、結局オリヴィエを新たな邪神官《プリースト》として任命することにした。

──ということで、オリヴィエを執務室に呼び出す。

「正式な任命は後日になるが、お前には新たな『邪神官《プリースト》』の任についてもらいたい。オリヴィエ・キール」

厳かに告げる俺。

ちなみに、室内には俺とステラ、そしてオリヴィエだけだった。

「わ、私が魔軍長に……！」

九尾の狐の少女は声を震わせた。

「お前の魔力は高い。十分にその任を務められるはずだ」

「わ、分かりました……魔王様」

オリヴィエが恭しく頭を下げる。

その拍子に、ぴょこぴょこと動く狐耳や尻尾。なんとも可愛らしい魔軍長だった。

「よろしくお願いします。精一杯がんばりますっ。あ、ステラ様には、今後とも百合妄想でお世話になりますね」

「ゆ、百合……!?」

ステラが引いていた。

「魔軍長として一緒に働けるなら、妄想のネタには事欠きませんねっ」

「妖しい目で私を見るのはやめろ、オリヴィエ」

「ステラ様、照れてる……かわいい」

「照れてない。引いてるんだ」

「うふふふ」

……この二人、仲良くやっていけるんだろうか。

「と、とにかく、これからは同僚だ。私のことは様付けではなく呼び捨てでいい」

「そんなぁ～。ステラ様はステラ様です」

ステラの言葉に、オリヴィエが瞳をウルウルさせて首を振る。

「ステラ様と呼ばせてくださいませ」

「対等の関係なのに、その呼び方は変だろう？」

難色を示すステラ。

「下の者にも示しがつかない」

「うーん……じゃあ、お姉さまとお呼びしてもよろしいですか？」

「お、お姉さま!?」

「じゃなきゃ、ステラ様って呼びます」

「むむ……」

「私にだって譲れないものがあるのですっ……！」

妙に力説するオリヴィエ。

「し、しかし、お姉さまか……うーん……」

ステラが悩んでいる。

「ま、まあ、呼びやすいように呼べばいいんじゃないか？」

俺が仲介した。

「こいつは自由にやらせたほうが力を発揮するタイプだろう。できるだけ何も制限しない状況にしたほうがいい」

「……魔王様がそうおっしゃるなら」

うなずいたステラは、オリヴィエに向き直った。少しだけこわばった顔だったが、

「では、あらためて——ステラ・ディー・アーゼルヴァインだ。よろしく頼む、オリヴィエ魔軍長」

「こちらこそよろしくお願いしますね、お姉さま……じゅるり」

……いや、なんでヨダレ垂らしてるんだ、オリヴィエ？

★

先の戦いで、光の王の攻撃は魔界全土に少なくない被害をもたらした。

俺はその復興作業に関して、新たに魔軍長に就任した邪神官《プリースト》オリヴィエやジュダに頼むことにした。

サポートには、未だ後任の魔軍長が決まっていない第七軍を付かせている。第七軍は職人的なスキルを持った魔族で構成されており、壊れた家屋や公共施設などの修復には、彼らの力が欠かせない。

魔界防衛の任務はリーガルとフェリアに命じた。

で、俺はステラと魔王城内を回っている。ここも光の王の攻撃の余波を受けていた。

「魔王城でかなりの損傷が発見されました。特に、各所の機械部分にダメージを受けた模様です」

「機械部分……か」

ステラの説明につぶやく俺。

魔王城は城の内部にいくつもの機械的な装置を入れているそうだ。いざというときには、魔界を防衛するために発動する——と、前魔王のユリーシャから聞いている。

「本来の管轄は錬金機将《アルケミスト》——前軍団長のイザナでしたが、今はその後任がおらず、彼の軍の幹部たちで担当しています」

七大魔軍長の最後の一席――錬金機将《アルケミスト》。

「その後任も早いところ決めないとな」

「候補者はこちらに。まとめるのが遅くなり、申し訳ありません。フリード様」

と、ステラがリストを差し出す。

二人っきりなので、彼女は俺のことを『魔王様』ではなく『フリード様』と呼んでいた。

「ステラはよくやってくれている。いつも助かってるよ」

フォローを入れる俺。

「……ありがとうございます」

ステラの頬にかすかな赤みが差した。

俺は受け取ったリストに目を通していく。

「ツクヨミ、という魔族が有望なのか」

候補者は五人ほどいたが、総合評価はツクヨミがA＋、他の四人はいずれもB＋やBにとどまっていた。

ツクヨミは、前軍団長が作成した改造生命体《ホムンクルス》のようだ。

ホムンクルスとは、錬金術によって作り出された魔造生物を指す。本来は単純な命令しか聞かず、知能も低いそうだ。だがイザナが造りだしたそれは別格で、並の魔族よりもはるかに優秀な知能や魔力、身体能力を備えているという。

中でもツクヨミは知力体力魔力とも、最高傑作と呼ばれる改造生命体《ホムンクルス》らしい。

「他の候補よりも頭一つ抜けていると思います。ただ、独断専行をする傾向があり、そこだけが気になっています」

ステラが説明した。

「平たく言うと、自分勝手な傾向がある、ということですが」

「なるほど。他の候補は？」

「いずれも、性格的には比較的従順かと思います。ただし評価欄を見ていただければ分かる通り、能力的にはツクヨミより一段か二段劣りますね」

能力は高いが、性格面に問題があるかもしれないツクヨミか。

能力は劣るが、性格的には問題がなさそうな他の候補者か。

俺はステラと話し合い、やがて結論を出した。

「――よし、ツクヨミを呼んでくれ」

新たな錬金機将《アルケミスト》として。

今は何よりも、有能な魔族を手元に置きたい。来たるべき勇者たちの侵攻を、最強の軍団で迎え撃つために。

そしてその後も――魔界に平和をもたらす、最強の軍団を編成し続けるために。

「改造生命体《ホムンクルス》Ｎｏ．２５３ツクヨミと申します。お目にかかれて光栄であります、魔王様」

謁見の間に現れたのは、銀色のシルエットだった。白銀の体は一見して鎧のたぐいに思えるが、実は違う。これこそがツクヨミの肉体なのである。

「フリードだ。よろしく頼む」

俺は玉座から立ち上がり、ツクヨミに歩み寄った。

「お前に『錬金機将《アルケミスト》』の称号と魔軍長の任を与える」

「謹んでお受けいたします」

銀色の改造生命体《ホムンクルス》は深々と頭を下げる。渋い中年男性を連想させる、声音。ツクヨミの自我は、男性のパーソナリティを備えているそうだ。

「では、さっそく仕事だ」

俺はツクヨミに言った。

「魔王城にいくつも損傷個所がある。その修復についてお前に相談したい」

「では、自分もその箇所を確認してもよろしいでありましょうか」

「もちろんだ。一緒に行こう」

俺はツクヨミを促した。

ちなみに、ステラには彼を呼んだ後、通常業務に戻ってもらっている。

俺はツクヨミと二人で魔王城内を進み始めた。

「――そもそも根本的な質問なんだが」

回廊を歩きながら、俺はツクヨミにたずねる。

「魔王城の機械的な仕掛けというのは、どういうものなんだ？　防衛機構だと聞いているが、前魔王からはその辺の引き継ぎがあいまいでな……」

前魔王ユリーシャから、魔王関連の情報はいろいろと聞いているが、その中で魔王城に関しては具体的なことをあまり聞かされていない。

外敵を迎撃するための仕掛けがいくつもあり、それを起動するための呪文を授けてもらった。だけど実際にどういう装置なのかについては、彼女自身もよく知らないそうだ。歴代魔王で伝承しているうちに、その辺の情報がかなりあいまいになっているらしい。

「もともと、この城は始まりの魔王ヴェルファー様が建てられたものであります。その後、歴代の錬金機将《アルケミスト》が城内の様々な場所に、魔導的な仕掛けや機械的な装置を増設してきました」

と、ツクヨミ。

「自分もイザナ様からその一部を聞いておりますが、すべてを把握しているとは申せません。ただ実際に見てみれば、おおよその見当はつくのであります」

「魔王城の仕掛けというのは、勇者との戦いでも有効だと思うか？」

「見てみなければなんとも……というか、自分も全部が全部引き継いでるわけじゃなし、なんでもかんでも聞かないでほしいであります。ちょっとは自分で調べてほしいというか、なんというか……はあ」

「ん？」

今、急に愚痴っぽくなったぞ、こいつ。

「いえ、途中からは独り言であります」

「明らかに俺に聞こえるように言ってなかったか？」

「ぎくり」

「ぎくり？」

「いえ、気のせいであります」

「そうか。なら、いい」

……まあ、そういう性格なんだろう、と思っておく。

今は性格面より、とにかく有能な配下が欲しい。

「じゃあ、さっきの質問に戻るが……お前にも正確には分からない、ということか？」

「はい。ただし、推測はできるのであります」

「聞かせてくれ」

「魔王城の仕掛けは、おそらく対勇者用ではなく――対天使や神のためのもの」

「神や天使……？」

「結界があるため、強い聖性を持つ者は魔界に入れません。ですが、いずれはその結界が完全に破壊され、神や天使クラスが侵攻してくることもあり得ます」

と、ツクヨミ。

「そのための準備として、代々の錬金機将《アルケミスト》は準備を重ねてきたのではないか、と自分は考える次第であります」

「……なるほど」

「魔王城には強大な機能が備わっており、それを解放すれば、あるいは神にも対抗できるのかもしれません」

ツクヨミが告げた。

魔王城に眠る大きな力……か。

「……あくまで推測ですが。仮に外れていても、処罰とかはやめてほしいであります。というか、自分は責任なんて負わずに、もっと自由に生きたいのであります。なんで魔軍長なんかに任じられたんだか……はあ」

これも独り言……なんだよな？

魔王城。

その名の通り魔王の居城であり、またいざというときには魔界の最終防衛機構として起動する要塞でもある。

ただ、その起動にはいくつかの条件や準備を伴う。以前、俺がライルとともにユリーシャを討ったときには、防衛機構が使われることはなかった。

そもそも、魔王城が起動したこと自体、魔界の歴史上でも数えるほどしかないそうだ。基本的に、魔界は結界で覆われて神や勇者の侵攻をシャットアウトしているからな。

だけど、あと二ヶ月足らずでその侵攻が現実のものとなる。

それに備えて、魔王城の防衛機構も整備しておかなくてはならない――。

「では、一つ一つ点検してくるのであります。地道な作業になりますので、よろしければ自分にお任せいただけないでしょうか」

ツクヨミが言った。

「時間も必要ですし」

「作業はどれくらいかかりそうだ？」

たずねる俺。

「あと二ヶ月足らずで勇者たちがまた攻め入ってくるはずだ。できれば、それまでに間に合わせたい」

「一週間もあれば十分かと」

「助かる。では、頼んでいいか？　他に手が必要なら言ってくれ」

「いえ、これは自分一人でやったほうがよいかと。半端な者がいると、かえって邪魔になるのであります」

ツクヨミが頭を下げる。

「錬金機将《アルケミスト》ツクヨミの名にかけて――必ずや魔王様の命を果たしてみせましょう」

性格面はともかく、能力面では頼もしいかぎりだった。

見上げれば、空に大きな亀裂が走っていた。

先日の天想覇王《ディヴァインギア》との戦いで、魔界を守る結界にヒビが入ってしまったと聞いている。

その綻びから勇者や神の眷属が攻めてくるかもしれない、ということで、リーガルは防衛の任についていた。

周囲には配下のアンデッドたちがいる。いずれもリーガルが厳選した猛者たちである。

ぎ……ぎぎぎぎぎ……っ！

ふいに、ヒビが軋むような音を立てて、歪み始めた。

「敵襲か」

リーガルは腰の剣を抜く。

骨を組み合わせたようなデザインの、いびつな剣。

「――待て。儂だ、リーガル」

空間の亀裂の向こう側から巨大なシルエットが現れた。

身長は四メートル近く。堂々たる体躯を備えた、獅子の獣人だ。

渦巻き、逆立つタテガミはまるで炎のよう。全身に、きらびやかな黄金の甲冑をまとっていた。

「ゼガート……！」

リーガルが驚きの声を上げる。

獣帝《ギガントトロア》ゼガート。

七大魔軍長の一人であり、白兵戦闘なら魔界最強とも呼ばれる剛の者だった。

「貴公を探して何度か人間界へ出向いたのだが、見つけられなかった。無事で何よりだ」

「すまぬ。人間どもとの戦いで負傷してな。かなり奥まった場所で治療に専念していたのだ」

「……傷はもういいのか？」

あと二ヶ月足らずで勇者たちとの決戦だ。ゼガートが加われば大きな戦力になるだろう。

「うむ。戦闘には支障ない。来たるべき決戦では、儂が勇者どもを蹴散らしてくれよう」

頼もしい言葉だった。

「ところで、魔王様が代替わりしたとか」

と、ゼガートが切り出す。

「お前から見てどうだ、新しい魔王は？」

「甘さはある」

獣帝《ギガントトロア》の問いにうなる不死王《ロードアンデッド》。

「だが強い。戦闘能力だけを見れば、歴代魔王の中でも群を抜いている」

「ふむ、噂は聞いているぞ」

ゼガートがあごをしゃくった。

「あの天軍最強兵器『天想覇王《ディヴァインギア》』すら破壊したとか」

「……ああ」

リーガルにとっては絶望的な相手を、魔王は苦戦らしい苦戦もなく倒してしまった。あの力があれば、人間界を滅ぼすことすら難しくないのではないだろうか。

(だが、それでも――やはり甘い)

神の側にどんな敵がいるかは分からない。正面からの戦いでは無敵だとしても、相手が搦め手で来るかもしれない。

あるいは魔王の力を封じたり、弱体化させたり――といった手段を持っていないとも限らない。

リーガルの考えはシンプルだ。

人間など滅ぼせばいい。徹底的に戦うべきだ。

かつて彼が人間だったころ、親友だと思っていた男に手ひどい裏切りを受けた。

以来、人間は彼にとって唾棄すべき醜い種族として認識されていた。

そんな人間どもを相手に、ときには手加減しているようにも見える魔王の戦いぶりが歯がゆく、口惜しい。

「納得がいっていない様子だな」

「……少しな」

「もっと好戦的な王なら、どうだ?」

ゼガートが口の端を吊り上げ、にやりと笑った。

「力は認める。だが、神や人間への対策については納得できない――お前の考えをまとめれば、そうなる」

「貴公のまとめ方は、少し乱暴に過ぎよう。俺は——少なくとも現状では、魔王様を主として認めている」

「本当か？」

見透かすような、ゼガートの眼光。

リーガルは、その目が好きにはなれなかった。

「まあ、よい。ところで魔王様に謁見したいのだが」

言ってゼガートは笑みを深める。

「その後で、お前とも話したい。色々と相談したいことがあってな」

「相談？」

「お前にとっても悪い話ではないはずだ、リーガル」

獣帝《ギガントロア》の眼光がいっそう鋭くなった。


「長らく謁見できなかった非礼をお詫びいたします。並びに新たな王の誕生を心よりお慶び申し上げます」

謁見に現れた獅子の獣人がうやうやしく頭を下げた。

体毛も、身にまとった甲冑も、きらびやかな黄金。

人間界への侵攻で行方知れずになっていた彼が、ようやく戻ってきたのだ。

獣帝《ギガントロア》ゼガート。

「頭を上げてくれ」

俺は玉座から声をかけた。

この場には俺とゼガート、ステラ、オリヴィエの四人だけだった。

「フリードだ。お前の帰還、喜ばしく思う。これからも力を貸してほしい。よろしく頼むぞ」

話によれば、ゼガートの白兵戦能力はリーガルと同等以上。魔界で最強クラスだという。

勇者の侵攻に備え、頼もしい味方が加わったわけだ。

「ひぇえ、すごい迫力ですねー」

と、慄くオリヴィエ。

「あ、でも私、男は趣味じゃないので。やはり百合こそ至高……！」

「妄想は控えろ、オリヴィエ」

ステラがたしなめる。

「あ、すみません。お姉さま」

「公的な場でお姉さまはよせ」

「いや、楽にしてくれ」

二人を仲裁する俺。

「……ふむ。前王とは違うようですな」

ゼガートがうなった。

「前王ユリーシャは厳しかったのか？」

「歴代魔王は全員そうです。規律を重んじ、常に苛烈でした」

と、ゼガート。

「臣下が今のような態度を取れば、王に殺されても文句は言えますまい」

それは苛烈すぎじゃないか？

「ひえ……私も処刑されちゃうんでしょうか……!?」

オリヴィエが顔を青ざめさせる。

「いや、俺はそういった態度で処罰はしない。安心してくれ」

俺はすぐにフォローした。それからゼガートに向き直り、

「前王とは違う感じになるが、いいか？　俺はその辺をあまり厳しくしたくない」

「今はフリード様が王です。御心のままに」

恭しく告げるゼガート。

そう言ってもらえると助かる。

「――ところで、リーガルはあなたと初めて会った際、手合わせを願ったとか」

獅子の獣人はゆっくりと顔を上げた。

「ああ」

「儂ともお願いできませんか」

ぎらり、とゼガートが眼光鋭く俺をにらむ。

「何？」

「無礼であろう、ゼガート魔軍長」

ステラが割って入った。

「儂は王と話しておる。お前は黙っていろ！」

ゼガートが一喝した。

が、ステラは一歩も引かず、

「王に対する無礼を見過ごせるか」

「それは臣下としての忠節か？　女としての情愛か？」

「なっ⁉　なななななななななななっ⁉」

ステラは真っ赤になって固まってしまった。

「見ていれば分かる。お前の王を見る目は、臣下のそれとはかけ離れておる。明らかに情念のこもった女のまなざしであろう？」

「えっ、いや、ち、違うっ、そんな、あたし、えっと……嘘、そんなに分かりやすいの……⁉」

両手で頬を押さえ、オロオロするステラ。

……ちょっと過剰反応すぎないか？

「ふん」

ゼガートはそんなステラを一瞥し、俺に向き直った。

「王を認めないということではありません。誤解なきよう」

言って獣帝《ギガントロア》はニヤリと笑う。

「魔王の紋様がフリード様を選んだ以上、あなたに王として仕えることには異存ありませぬ。ですから、これは純粋に武人としての興味とお考えいただきたい。王に対して不遜であることは百も承知。ですが――リーガルに対して許されたのであれば、儂ともぜひ」

その眼光は鋭い。口ぶりはどうあれ、俺の力を確かめておきたい、というのが本音じゃないだろうか。

もっとも、リーガルと同じタイプなら、力を見せておくことで、後々の関係が円滑になるかもしれない。

「――分かった」

「では、参りますぞ」

「来い」

構える俺。

どの程度の力で迎え撃つべきか。リーガルと同等以上の実力だというから、少しくらい強めに魔法を撃っても大丈夫だとは思うが――。

「ふん、儂を気遣っておいでか」

ゼガートがうなった。

「あなたからは闘志が伝わってこない。儂を思いやるような気配のみ――優しさは、王の美徳ですな」

褒められた気がしない。

いや、褒めてないな、これは。ゼガートは俺と戦いたいわけじゃないんだろう。戦いを通じて、俺を見極めようとしている――。

なら、俺は『王』としてどう応えればいいのか。

「があっ！」

吠えて、突進してくるゼガート。

「『パラライズ』」

俺は麻痺の呪文を選択した。

黄白色の稲妻が、ゼガートの巨躯《きょく》を打ち据えたと思ったが、

「ぬるい！」

あっさりと弾け散った。

こいつ――。

『パラライズ』自体は初級魔法だが、俺の魔力で放てば最上級に匹敵する威力になる。それを簡単に跳ね除けるとは。

どうやらゼガートは魔法に対する強い耐性を備えているようだった。

「手加減して儂を止められるとお思いか！　それはこの獣帝《ギガントロア》に対する愚弄！」

ゼガートはすでに眼前まで迫っていた。
鋭利な爪が剣のように伸び、叩きつけられる。
『ルーンブレード』！」
俺は魔力の剣を生み出し、ゼガートの爪撃を受け止めた。
重い……っ！
鍔迫り合いになり、ジリジリと押される。
『ウィンド』！」
俺は風の最下級魔法を唱えた。
最下級といっても、並の術者が唱える最上級魔法よりも威力は上。
「く……うっ」
その風圧がゼガートを吹き飛ばす。
『ルシファーズシールド』」
俺は魔力の防御壁を生み出した。
と、
「──天共鳴《ハウリング》」
ゼガートが小さくつぶやく。
直後、視界がわずかに揺れた。
軽い脱力感に陥る。

魔力の壁がぐにゃりと歪み、消え失せる。

「なんだ、今のは……!?」

確かゼガートに魔法を使う能力はないはずだ。

奴の強みは圧倒的な身体能力を活かした攻撃と耐久——究極ともいえる白兵戦能力である。それのみで、魔界最高峰の強さを手にしているのだ。

「おおおおおおっ！」

咆哮とともにゼガートが突っこんでくる。

「——『ルーンブレード』！」

俺はすかさず魔力剣を生み出した。

今度は一本じゃない。

俺の前面に数十本まとめて、だ。

「むっ、なんという数……！」

ゼガートの動きが一瞬、止まる。

「『ルーンブレード』」

その一瞬を見逃さず、俺は奴の周囲に魔力剣を追加で生み出した。

五十……百……二百……。

獅子の獣人の四方を、合計で四百の魔力剣が取り囲む。

「お前の動きはこれで封じた」

「――封じた？　ダメージ覚悟で突っこんでいけば、これくらいは突破できますぞ」

ゼガートが腕を振り上げる。

威嚇するように、魔力剣の一つを砕いた。

「無理だな」

俺は右手をかざす。

魔力を収束するイメージを一気に高める。

同時に、赤い雷をまとった黒紫色の魔力剣が出現した。

『ルーンブレード』とは違う。

空間をも切り裂く『収斂《しゅうれん》型・虚空の斬撃《ヴァニティブレード》』。

天軍最強兵器である光の王すら切り裂いた魔力剣だ。

「近づけば、これを食らわせる」

ヴ……ヴヴヴ……！

羽虫がうなるような音を立てて、魔力剣の刃が振動した。周囲の空間が削れ、細かな亀裂が入っていく。

「こ、この術式は――」

さすがにゼガートも驚いたようだ。

俺はその眼前を大きく切り裂く。

巨大な黒い亀裂が謁見の間に出現した。

「……空間ごと切り裂かれては、儂とて一たまりもありませんな」

静かに右腕を下ろす獣帝《ギガントロア》。

「俺の目的は魔界を守ること。お前を傷つけることじゃない」

俺はゼガートに告げた。

「お前はそのための戦力だ。だから全力で守る」

「……ふむ」

「俺に従え、ゼガート」

俺と獅子の獣人の視線がぶつかり、絡み合った。

しばしの静寂。

「感服いたしました、王よ。歴代最強と謳われるだけのことはあります」

ゼガートは深々と頭を下げた。

だが、その瞳はあいかわらず俺を見定めるような光を浮かべたまま。本当に俺を認めてくれたのか、
それとも――。


「お気をつけください。ゼガートは何を企んでいるか分かりません」

ゼガートが去った後、ステラが俺に進言してきた。

ちなみに、さっき作った空間の亀裂は俺の魔力で修復してある。

「ステラ……」

以前の宴のことを思い出した。

俺に対して、何かを企んでいたらしき魔族たちの存在を。

彼らはゼガートの名を口にしていて、なんらかのつながりが疑われた。だがリーガルの乱入で彼らは消滅し、真相は謎のままだ。

「諜報に長けた魔族を使い、奴の身辺を洗っておきます。不審な情報があれば、すぐに報告いたしますので」

「……分かった」

「絶対にフリード様を守ってみせます。たとえ、どんな手段を使っても」

ギュッと俺のローブの袖をつかむステラ。

その手が、震えていた。

「ステラ……？」

「私が、必ず。あなた様を……！」

順風満帆ではないかもしれないが、ともあれ——新生七大魔軍長が魔界にそろった。

魔神眼《ヴィジョン》ステラ。

不死王《ロードアンデッド》リーガル。

夢魔姫《デッドチャーム》フェリア。

極魔導《マスター》ジュダ。

邪神官《プリースト》オリヴィエ。

錬金機将《アルケミスト》ツクヨミ。

獣帝《ギガントロア》ゼガート。

魔界を守る剣となるべき、七人の高位魔族。

俺の、頼もしき側近たちだ。


そろそろ、時間だ。

俺は魔王城内の巡回を切り上げ、謁見の間に向かっていた。

「あ、魔王様だ。こんにちは〜」

「魔王様、おつかれさまです」

駆け寄ってきたのは、警備隊長のリリムや配下の兵たちだった。

「あたしたち、また新しい戦闘フォーメーションを考えたんです。よかったら見ていきませんか〜？」

にっこりと笑うリリム。

「名づけて『帰ってきたフォーメーション・ザマトMKII《マークツー》』です」

「今度のはすごいですよ。通常のフォーメーションの三倍の速さで急降下するんです」

その配下たちも熱心に俺を誘う。

「悪いが、今日はちょっと急ぐんだ。これから魔軍長たちとの謁見があってな」

俺はリリムたちに断りを入れた。

「今度ゆっくり見させてくれ」

彼女たちといると心が和むし、できれば少しくらい見ていきたかったんだが。

「あ、そうなんですか。引きとめてすみません」

「いや、少しくらいなら話す時間はある。ただ、遅れると臣下に示しがつかないからな」

と、苦笑する俺。

「まあ、王の面子というか」

「上に立つ方にはそういう苦労があるんですねー……」

リリムが、しみじみとした様子でつぶやく。

「あたしも兵たちを束ねる立場。そのお気持ちは痛いほど分かります。上に立つ者の悲哀と切なさですっ」

グッと拳を握りしめて力説するリリムだが、

「隊長は全然苦労してないでしょ」

「私たちにまかせっきりじゃないですか」

部下たちにツッコまれていた。

「あ、ひどいなー。あたしだって、こう、いざというときはビシッと！　キリッと！　シャキッとしてるもん！」

「してましたっけ……？」

「ほぼほぼユルい姿しか見たことないぞ……？」

「もう、みんなして〜」

「ははは」

ほのぼのとした彼らに癒され、俺は笑みをこぼす。

「ぜひ、戦技の向上に努めてくれ。頼むぞ」

名残惜しさを感じつつ、俺は話を切り上げた。

「はーい。じゃあ、もっとフォーメーションを磨き上げるので、いつか見てくださいね。みんな、魔王様に見てもらえるよう、がんばろっ」

「おー！」

リリムの掛け声に意気が揚がる兵たち。

「じゃあ、俺はそろそろ行く。またな」

「はーい！」

「魔王様、おつかれさまです！」

リリムや兵たちの見送りを受け、俺は廊下を進んだ。

今日は、俺が魔王になって初めて——七大魔軍長が勢ぞろいする日だ。


「よく来てくれた、我が側近——魔軍長たち」

玉座についた俺は、七人の魔族に呼びかけた。

「はい、魔王様」

恭しく跪いたのは、長い銀髪に軍服風の黒い衣装をまとった美しい少女だ。

『魔神眼《ヴィジョン》』のステラ。

俺が魔王に生まれ変わってから最初に出会った魔族であり、もっとも信頼する側近中の側近といっていい。諜報能力に長けた第一軍を統括する魔軍長である。

「こうして七人そろうと壮観ですな。たとえ百万の勇者どもが攻めてこようと、ものの数ではありますまい」

体を揺すって豪快に笑ったのは、輝くような黄金の体毛を生やした獅子の獣人だった。

『獣帝《ギガントロア》』ゼガート。

魔軍最強の攻撃力を誇る第四軍を統括し、自らも白兵戦で無類の強さを誇る猛者だ。

「魔王様の命令とあらば、自分はいつでも駆けつける所存であります。まったく、仕事が山積みだというのに、いちいち集合をかけないでほしい……あ、いえ、これは独り言であります」

淡々と機械的な口調で告げつつ、最後にボソッと文句を付け加えたのは、銀色の金属でできた魔族。

『錬金機将《アルケミスト》』のツクヨミ。

前魔軍長のイザナが製作した改造生命体《ホムンクルス》であり、錬金術の能力はそのイザナをも凌ぐという。機械的な製造分野を受け持つ第七軍を統括する魔軍長だ。

「いつでも呼んでくれていいのよ、魔王様？　謁見の間だけじゃなく、寝室にだって——あたしなら昼でも夜でもお相手できるわよ、ふふ」

薄桃色の髪を長く伸ばした美女が、蠱惑的な笑みを浮かべる。下着と見まがうような露出度の高い衣装が扇情的だ。

『夢魔姫《デッドチャーム》』のフェリア。

　精神に作用する魔法や呪術のスペシャリスト集団である第三軍を統括している。

「どうせなら、もっと美少女や美女の魔軍長を増やしてくれれば、私の妄想もはかどるんですが……ああ、お姉さまとフェリア様のカップリングで着想が湧いてきちゃった……また一本描けそう……ふふふ」

　心ここにあらずといった様子で妄想しているのは、九尾の狐の少女。

『邪神官《プリースト》』のオリヴィエ。

　彼女が統括する第六軍は、治癒能力に長けた魔族たちで構成されている。

「私はそろそろ昼寝がしたいんだけど。早退していいかな？　ふぁ……」

　あくび混じりに言ったのは、銀髪褐色の秀麗な少年だった。その外見とは裏腹に、もっとも古き魔族の一人であり、魔王クラスの魔力の持ち主だ。

『極魔導《マスター》』ジュダ。

　魔術師《メイガス》系の魔族集団、第五軍を統括している。

「昼寝だと……？　今はまだ午前だろう、ジュダ軍団長」

　古めかしい甲冑をまとった髑髏の剣士が訝しげに言った。

『不死王《ロードアンデッド》』のリーガル。

　卓越した剣技や白兵戦能力、そして相手の生命力を吸収する力を備えた高位のアンデッドだ。

アンデッド軍団である第二軍を統括している。

「堅苦しいなぁ、リーガルくんは」

「魔王様の御前だ。全員、不要な私語は慎め」

ぷうっと子どもみたいに頬を膨らませたジュダに、ステラが眉を寄せた。

「ステラったら、あいかわらず魔王様に忠実よねー。忠誠心が厚いというか、乙女心全開というか」

指摘するフェリア。

「お、乙女心ではない。私はあくまでも、ち、忠誠心から言ってりゅだけだっ」

「ふふ、噛んでるわよ」

「うぐぐ……」

ステラは顔を赤くしていた。

「二人のやり取りが可愛いです……尊いです……お姉さま×フェリア様の妄想がはかどりますね……ふふふふ」

その隣で、オリヴィエがぽわんとした顔だ。

「あ、でもフェリア様×お姉さまも捨てがたい……百合のバリエーションは無限大……はふぅ」

そんな三人を横目に、

「ふん、前魔王様のときに比べて、随分とかしましいことだな」

「自分の見立てでは、会議としていささか効率が悪いと思うのであります」

「お互い忙しい身だからな」

「早急に本題に入るべきかと。まったく、こちらも暇じゃないというのに……手間を取らせないでほしいであります」

ゼガートとツクヨミが話している。

……七人そろうと、全然まとまりがないな。

俺は内心で苦笑しつつ、魔軍長たちを見回した。

まあ、能力面ではそれぞれに秀でたものを持っているんだ。力を合わせて、来たるべき勇者たちの侵攻に備えよう。

「お前たちに集まってもらったのは、他でもない。来たるべき勇者たちの侵攻に備えてのことだ」

魔王と新生七大魔軍長が一堂に会しての、初めての魔界防衛会議が始まった。


ヴ……ン！

うなるような音を立てて、少女の周囲に数百単位の光球が生み出される。

天使である『紅の使徒《ルージュ》』がその力を全開で注ぎこんだ、エネルギー弾の群れ。

「さあ、手加減なしでいきますよ。気を抜いたら死にますから頑張って撃ち落としてくださいね～」

ルージュは投げキスをするようなポーズでそれらを放った。

数百の光球が前方にいる二人の女勇者に向かっていく。

ともに黒い衣装をまとい、黒い弓や細剣を手にした美女たち。四天聖剣《セイクリッドエッジ》のルドミラとフィオーレだ。

「弐式・最大装弾精密連射《アクセル・サウザンドアロー》！」

「弐式・桜花の炎《ファイアフラワー・バスター》！」

青い髪をツインテールにした女勇者ルドミラが輝く矢を射ち、黄金の髪を結い上げた女勇者フィオーレが火炎の斬撃を放つ。

その数はともに数千。

「神気烈破導《オーラバースト》！」

さらに、ルドミラとフィオーレの声が唱和した。

二種の攻撃を青白い輝きが覆う。

ずおおおぉぉぉぉぉ……んっ！

直後、すさまじい爆光が弾けた。

ルージュの光球はそれらの迎撃を受け、あっさりと消し飛ばされる。

「第三の試練——因果律の誤動作《バグ》を利用した強化。どうやら成功ですね」

つぶやくルージュ。

周囲から白煙が立ち上り、空間そのものにも無数の亀裂が入っていた。

すべてルドミラとフィオーレの攻撃によってできたものだ。

「混沌形態《カオスフォーム》や黒の法衣《カオスジャケット》に続き、第三の力も発動確率が上がってきましたね」

ルージュは満足げな微笑を浮かべた。

試練の第一段階では、黒い奇蹟兵装に目覚めさせて攻撃面の強化を。

試練の第二段階では、黒の法衣《カオスジャケット》をまとって防御面の強化を。

そして最終段階では、今のような神気《オーラ》を操り、総合的な強化を。

三つの段階に分けた訓練によって、勇者たちの戦闘能力は飛躍的に高まっていた。

(素晴らしいですね、ルドミラさん、フィオーレさん)

うっとりした気持ちでルージュは二人の女勇者を見つめる。

彼女たちの全身から青白い神気《オーラ》が立ち上っていた。人間が発しているとは信じられないほどの、膨大な量の神気《オーラ》である。

ルージュは教え子たちの成長に喜びが込み上げた。

二人とも素直で、懸命で、ひたむきで——本当に教え甲斐がある。ルージュの教えをどんどん吸収していき、とうとう人の身で天使と渡り合えるほどの力を得たのだ。

感動すら覚える。

人間という種族の、成長速度に——。

「ルドミラさんもフィオーレさんも二か月前とは比べ物にならないほど力をつけました。魔王や魔軍長たちが相手でも十分に戦えるはずです」

「ええ、今度は負けない」

ルドミラが力強く告げる。

「ほかの二人の修行はどうなったのでしょうか?」

「あなたたちと同様の成果を上げていますよ。四天聖剣《セイクリッドエッジ》は全員が数段強くなりました」

フィオーレの問いにルージュが微笑む。

「では、少し休憩しましょうか。ティータイムです」

「あ、わたくしが紅茶を淹れてきますね」

「フィオーレさんが淹れてくれると美味しいのよね。楽しみ」

「わたしもです。待ってますね～」

と、休憩用に作られたカフェのような場所に向かう三人。

ルージュは修行の合間にちょっとしたティータイムや食事をするのが、今ではすっかり楽しくなっていた。もともと人間と交流するつもりなどなかったのだが……気が付けば、彼女たちは教え子というだけでなく、友のような存在になりつつあった。

(……いえ、天使と人間が友だちだなんて。おかしなことを考えていますね、わたしは)

内心で嘆息する。

「午後からはお二人で模擬戦をしていてください。わたしは出かける用事がありますので」

「出かける？」

「ちょっと天界へ」

ルージュがにっこりと言った。

「神に定時報告をしてきます」

あるいは、最終報告を。

ルージュは神の御座――天界へとやって来た。

全長百メートル以上はありそうな玉座風の椅子に座している、巨大なシルエット。

神――名を持たず、称号もなく、ただ『神』とだけ呼ばれる絶対者。

自分たち天使を統括し、あまねく世界を治める至高の存在。

神の足元にかしずくルージュの隣には、彼女とよく似た顔立ちの美しい少年がいる。

天使『黒の使徒《ノワール》』。

ルージュの、双子の兄だ。

「勇者たちの訓練は順調に進んでいるようだな。汝らの働きに感謝する」

「もったいないお言葉です、主よ」

ルージュとノワールは口をそろえ、恭しく頭を下げた。

「魔軍は強大だ。先日は、天軍最強兵器の『天想覇王《ディヴァインギア》』が敗れ去った」

一月ほど前、魔界に侵入した天想覇王《ディヴァインギア》は、最終的に魔王によって破壊されてしまった。

その報告を受けて、ルージュは戦慄した。

魔王の力は想像以上だ。天想覇王《ディヴァインギア》すら退ける相手に、いくら強くなったとはいえ、勇者たちの力が通用するのだろうか――と。

「かつての戦いより永き時が経ち――我が力もようやく回復してきた。勇者たちの奇蹟兵装もそれに応じて力を増している。その極限にまで至れば、天想覇王《ディヴァインギア》すら超える領域に至る者も出るやもしれぬ。引き続き、彼らの強化に励め」

神が静かに告げる。

全身からあふれ出す神気《オーラ》は――ただ座しているだけで、天界を覆い尽くすほどに巨大だ。

（もしも神が魔王と戦うために全力を出されたら）

ルージュは内心でつぶやく。

その力は世界の隅々にまであふれるほどのスケールになるだろう。

唯一にして無二。空前にして絶後。

（たとえ、魔王であろうと、絶対者である神に敵うはずがない）

ルージュはそう確信していた。

ただ、今代の魔王は歴代最強の力を持っているらしい。

始まりの魔王ヴェルファーすら凌ぐほどの。

油断は禁物だ。万が一、神をも凌ぐほどの力を持っていたとしたら――。

（考えすぎですね。神を超える存在などいるはずがない）

だが、もしも神が魔王に敗れることがあれば、この世界は一体、どうなるのだろうか。

「我が目的は、魔界に眠る『あの力』だ。必ず手に入れねばならん」

神が告げた。

「ただし、あれには繊細な取り扱いが必要だ。今は魔王城の深奥に眠っているはずだが、うかつな攻撃は控えよ」

「はっ」

ルージュとノワールの声が唱和する。

「まずは魔王城をこちらの軍勢で占拠する。しかる後に、『あの力』を取り返し、我が元まで届けさせる」

「勇者たちの扱いはいかがいたしましょう?」

と、ノワール。

「奴らは神の手駒。中には高位魔族と渡り合える強者もいる。扱いは慎重にせよ」

「心得ました」

「弱き者に関しては捨て駒にして構わぬ。愛と平和のために戦う勇者ならば、喜んで神に命を捧げるであろう」

神が浮かべた微笑は、穏やかでありながらゾッとするような冷酷さがにじみ出していた。

いや、穏やかとか冷酷とか、そんな次元で語るべきものではないのだろう。

神の深謀遠慮に、ルージュたちはただ従うのみ。

そして人も――。

すべては、神の掌の上で転がるだけなのだから。


獣帝《ギガントロア》ゼガートは深い森の中で二人の魔族と向き合っていた。

密会である。自宅である巨大な屋敷や魔界各地にある別宅は、いずれも魔王の手の者が見張っている危険が高かった。

魔王はゼガートを怪しんでいる節があり、行動は秘密裏に行う必要がある。

「魔界に戻って一ヶ月か。計画の準備はどうなっている、シグムンド？」

ゼガートが腹心にたずねた。

「おおむね、順調に推移しているかと」

「ツクヨミの方はどうだ？」

「自分の作業も問題はないのであります。進捗率は78％。予定の期日には確実に間に合うのであります」

と、銀色の改造生命体《ホムンクルス》が告げる。

「まったく。改造実験体だからって、こき使いすぎじゃないですかね。自分はゼガート殿の道具ではないのでありますが……このデカブツめ」

「……心の声が丸聞こえたぞ、ツクヨミ」

「心の声？　はて？　自分は何も言ってないのであります」

白々しく首を振るツクヨミ。

「あいかわらずだな」

ゼガートは苦笑した。

まあ、性格面は問題ではない。必要なのは能力だ。

性格、能力ともに傑出したシグムンドのような部下は、そうそう得られない。

「魔王フリード……先日も少し手合わせしたが、聞きしに勝るすさまじい能力値《ステータス》だった。対抗する準備を整えてきたとはいえ、不確定要素も多い。やはり、そう簡単にはいかんな」

ゼガートがシグムンドとツクヨミを順番に見つめ、

「だからこそ、お前たちの働きは重要だ。期待しているぞ」

「この命を懸け、必ずやゼガート様のお力になってみせます」

恭しく頭を下げるシグムンド。まさに忠臣だった。

「自分も全力を尽くすのであります。魔王城の地下機構の調査を進めておくのであります。それとゼガート殿の『あの装備』も」

と、こちらはツクヨミ。

「魔軍長の仕事で忙殺されているうえに、こっちの作業も進めなければいけないので大変でありますよ……ゼガート殿はただ命令しているだけだから、楽でいいですね。ぶつぶつ」

やはり、不満げな心の声は丸聞こえだった。

「二人とも、引き続き頼む」

ゼガートが告げた。

「厄介なのは魔王だけではない。儂とツクヨミ以外の五人の魔軍長も、な」

ステラ、フェリアは直接戦闘に特化したタイプではないが、侮れない特殊スキルを持っている。

リーガルは歴戦の猛者だし、ジュダは魔王クラスと同等以上の魔法の使い手。オリヴィエの回復能力も敵に回せば厄介である。

その辺りを、どう対処していくか。

「こんな場所で歓談か？　ゼガート魔軍長、ツクヨミ魔軍長」

突然、背後から声がした。

「……リーガルか。お前こそなぜこんな場所に？」

ゼガートがうなる。

「散歩だ」

こともなげに告げる髑髏の剣士。

アンデッドだけあって、まったく気配を感じなかった。

いつからいたのだろうか？　もしかしたら、自分たちの計画を聞かれたのかもしれない。

「ただの散歩……か？」

ゼガートは反射的に全身に力を入れ直す。

視線で左右のシグムンドとツクヨミに合図を送った。

もし、何かに勘づいたのであれば――最悪の場合は、ここで始末することもやむなしだ。

とはいえ、リーガルには利用のしどころがある。できれば、今はまだぶつかりたくない。

(それに――儂が魔王になった暁には、こやつには軍の中枢で活躍してもらいたいからな)

魔界最強レベルの武人をこんなところで消してしまうのは、さすがに惜しい。

「断片的にしか分からなかったが、何やら不穏な単語が聞こえた気がするぞ」

がちゃり、と甲冑を鳴らし、ゼガートにリーガルが歩み寄る。

戦闘態勢ではなく、あくまでも自然体だ。

ゼガートたちの話を聞いていたのか？　あるいは、それらしいことを言って、こちらの反応を探っているのか？

（……けむに巻いておくか。それとも核心に踏みこんで、こいつを仲間に引き入れるか）

思案しつつ、ゼガートはリーガルと向き合った。

「儂は憂えておるのだ。魔界の行く末を」

悲しげな吐息をついた。具体的な単語はなるべく出さず、抽象的な表現にとどめる。

「いつも考えておる。この世界を守るための、最善を。そのための手を打ちたい、と。そしてそれには、お前の力も必要だ」

「俺の……？」

リーガルの声に、不審げな響きが混じった。

警戒されているのか。

「以前、貴公は俺に相談したいことがあると言ったな。このことか？」

「まあ、遠からず……といったところだ」

ゼガートがニヤリと笑う。

「儂はお前のことを、魔軍長の中でも特に信頼のおける良き同志だと思っているからな」

こちらも少しずつ情報を明かし、相手の反応を探ることにした。

リーガルは現魔王と初めて対面した際、戦いを挑んだと聞いている。

表立って反抗する態度はないようだが、あるいはフリードに対してなんらかの不満を持っている可能性もあった。

そこを突けば、あるいはゼガートの味方になるかもしれない――。


俺はいつものように執務室で書類仕事をしていた。かたわらにはステラがいる。

「魔王様、財務と土木、それに軍関係の申請書類を確認しました。決済をお願いします」

「いつも助かる。悪いな、ステラ」

礼を言って書類を受け取る。実際、彼女がいなければ、これだけの量の仕事はとても回せない。俺は感謝してもしきれなかった。

「魔王様のお役に立てるのは、私にとって喜びです。こういったことでよければ、いくらでもやりますので」

ステラが嬉しそうに微笑む。

「じゃあ、あたしも手伝おうかしら」

扉を開けて入ってきたのは、薄桃色の髪の美女――フェリアだ。

「ねえ、魔王様、してほしい仕事はある？　あ、もしかして夜伽とか？」

「フェリア、仕事はどうした？」

ステラが険しい表情になる。

「自分の分は済ませたしいいでしょ？　だいたい、いつもあなたばかり魔王様にべったりじゃない」

「私は職務を果たしているだけだ」

「まあ、こういう書類仕事はあなたの独壇場だけど……」

「ああ、ステラお姉さまとフェリア様が会話をしている……」

今度は狐耳と尻尾を備えた美少女が入ってきた。千客万来だ。

「美少女と美女の語らい……尊い……ふにゃあ」

「オリヴィエまで」

ため息をつくステラ。

「ここはサロンではないのだぞ」

「あ、私のことはお気になさらず。どうぞ百合トークをお続けください」

オリヴィエがとろんと蕩けた笑顔で言った。

「百合トークとやらは、よく分からんが……お前も自分の仕事は済ませてるんだろうな？」

「もちのろんですっ。貴重な百合現場を目に焼きつけるために、全速力で済ませてきましたからっ」

魔王の執務室がやたらとかしましくなっていた。

最近はいつもこんな感じだ。嵐の前の静けさかもしれない。

俺は内心でため息をついた。

そう――嵐だ。

こうして穏やかな時間を過ごせるのも、あと少しかもしれない。

勇者たちの二度目の侵攻の時期は迫っている。

結界の傷は、日に日に大きくなっていた。魔界の結界を破壊すべく、専用の奇蹟兵装で攻撃をかけているんだろう。

一ヶ月ほど前のあのときみたいに。

俺がライルや百近い勇者たちとともに魔界に侵攻した、あのときのように――。

あと少しだけ、平和に感謝しつつ、俺はそのときに備えよう。

必ず魔界を守ってみせる。

そして、ステラたちの笑顔を。


やがて――一月ほどの時が経ち、ついにそのときが訪れた。

「魔界外縁部に勇者の一軍が現れたとのことです！」

「――来たか」

ステラの報告に、俺は立ち上がった。

いよいよ、始まる。

勇者たちの二度目の侵攻が。

魔界の総力を挙げた――迎撃戦が。

第八章

第二次勇者侵攻戦

Manadeshi ni Uragirarete Shinda Ossan Yu-sha,
Shijyosaikyo no Maou Toshite Ikikaeru

「魔界西方外縁部に現れた勇者の数はおよそ三百。ただちに迎撃してほしい」

俺は謁見の間に七大魔軍長を集めていた。

魔軍長たちの中で戦闘能力が特に高いのはジュダ、ゼガート、リーガルの三名だ。俺は彼らを見回し、

「ゼガート、行ってくれるか」

「新たな王の下での初仕事ですな。喜んで」

黄金の獅子獣人は牙をむき出しにして笑った。

「我が第四軍の力を持って、勇者どもの首を王の前に捧げましょうぞ」

「……頼もしい言葉、嬉しく思うぞ」

言いつつ、仮面の下で俺の顔はこわばっていたかもしれない。

今、俺が下しているのは、人間の軍を抹殺しろという指令に等しい。

魔王になって三カ月。魔族たちを案じる気持ちは、以前よりずっと大きくなっている。相手が人間でも『敵』であれば討つ、という覚悟も強くなっているつもりだ。

それでも俺は——俺の心には、まだ『人間』の部分が色濃く残っているんだろう。いや、人間とほとんど変わらない感覚だ。

今の俺は、どっちなんだろうか。

すでに精神まで『魔王』フリードになりつつあるのか。

変わらず『勇者』フリードのままなのか。

「どうかなさいましたか、王よ」

不審げな声を上げたのはリーガルだ。

「よもや人間どもを相手の戦に迷っている、などということはありますまい。魔界に並ぶ者なき力を持つあなた様が、人間どもを恐れるはずがない」

「リーガル……」

「何を思案されておいでか」

俺の中に生じた葛藤を見透かすような——あるいは、咎めるような声。

謁見の前に、嫌な空気が漂う。

「案ずるな、リーガル魔軍長。魔王様は私たちの仕事の分担を考えておられるのだろう」

俺に助け船を出すように、ステラが言った。

「ゼガート魔軍長が栄誉ある先陣を切ることに異論はありませんが、我らにも何か役目を与えていただきたく思います。必ずや、あなた様のお力になってみせましょう」

かしこまった口調でステラが頭を下げる。

場に流れていた嫌な空気が、各魔軍長の役割分担を決めようという雰囲気へと自然に移行した。いつもながら、俺をフォローしてくれる彼女には感謝してもしきれない。

「そうそう、ボーッと待ってるだけなのも暇だし」

と、微笑むフェリア。

「仕事がないならないで、私はかまわないよ」

ふあぁ、とジュダがあくびをした。

「昼寝でもしてるし」

「ジュダ殿は昼寝というより、年がら年中寝ているように思えるのであります」

ツクヨミが淡々とツッコミを入れる。

「リーガルとジュダはそれぞれの軍と警戒に当たれ。勇者軍が多方面から攻めてくることも考えられる」

そんな二人に苦笑しつつ、俺は言った。

「承知いたしました」

「うん、結界はかなりボロボロになってるからね。多方面同時攻撃は十分あり得るよ」

リーガルとジュダがうなずく。

「オリヴィエの軍は二つに分け、半分はゼガート軍のフォローに、もう半分は待機だ」

「は、はい、初仕事がんばりますっ」

緊張しているのか、声を上ずらせるオリヴィエ。狐の耳と尻尾がせわしなく揺れていた。

「勇者軍が聖なる力を利用した大規模精神攻撃をかけてくる可能性もある。フェリアの軍はそれに備えてくれ。ステラとツクヨミは俺の側でサポートを」

フェリア、ステラ、ツクヨミの三人もうなずく。

「――以上だ。この場の誰も、そして軍や民の一人も欠けることなく、勇者軍を追い払え」

俺はそう命じて謁見を締めくくった。

いよいよ魔界侵攻作戦開始だ。

勇者エリオ・クゥエルは胸を高鳴らせていた。

天才と謳われる姉、フィオーレほどではないが、彼とて十分な才気を持ち、十五歳にしてすでに第四位階の奇蹟兵装『グラーシーザ』に選ばれている。

『お前たち姉弟は我が一族の誇りだ』と、エリオの父であるクゥエル公爵はことあるごとに賞賛してくれる。

そんな父の期待にエリオはもっと応えたい。

もっと強くなってみせる。もっと武勲を挙げてみせる。

いずれは姉をも超える勇者となり、クゥエル一族の名を世界に轟かせるのだ――。

エリオは若者らしい野心に燃え、訓練を重ねた。

そして栄えある第一陣のメンバーに選ばれ、こうして魔界の大地に立ったのである。

太陽が差さないこの世界は常に薄闇に包まれている。空気も、人間界よりも淀み、重たくまとわりつくような感覚がある。

魔界外縁部――赤茶けた荒野がどこまでも広がる、死の大地だ。

と、その前方から無数の影が現れる。

整然と並んだ勇者軍とは対照的に、歩調も隊列もバラバラの一軍。軍というよりも、ならず者の集団といった雰囲気だった。いずれも獣人の姿をした魔族の群れである。

「俺は魔界第四軍第二部隊を預かるギルーア！　人間ども、ここが貴様らの終焉の地と知れ！」

その先頭で、サイを思わせる獣人の魔族が吠えた。

「散開！　近接型で連携して攻撃を。遠距離型は支援を頼む」

リーダー格の勇者が叫ぶ。

「こざかしい！」

ギルーアと名乗った魔族は巨大な鉄球を操り、勇者たちの集中砲火をものともしない。撃ちこまれる奇蹟兵装の斬撃を無数に浴びて、なお前進した。

「吹き飛べ！」

「ぐあぁっ……」

繰り出された鉄球が勇者たちを蹴散らしていく。隊列が崩れかけるものの、遠距離系の奇蹟兵装を持つ勇者たちが援護し、かろうじてギルーアを後退させた。

その後も、一進一退――互角の戦いが続く。

いや、わずかに押しているのはギルーアか。

単騎で、数十の勇者たちとわたり合っている。

「強い……！」

エリオは戦況を見据え、ごくりと喉を鳴らした。

後方待機を命じられているのが、じれったかった。

奇蹟兵装のランクこそ第四番目の『主天使級《ドミニオン》』と、最前列で戦う彼らよりも低いが、エリオには『アレ』がある。

「どうした、人間ども！　そんな程度なら獣帝様《ギガントロア》や魔王様の手をわずらわせるまでもない。この俺一人で十分というものだな」

ギルーアの猛攻で徐々に隊列が崩れていく。

勇者たちの表情に焦りと、そして恐怖が浮かんでいく。

「──やるか、あれ」

エリオは決意した。

後方待機という命令に従っていたら、隊全体が致命的な状況を負いかねない。この場で劣勢を跳ね返せるのは、自分だけだ。

過信ではなく自信。気負いではなく覚悟。

「奴は俺がやります。みんなは下がって！」

叫んで、エリオは前に出た。

「お、おい、お前──」

「まさか一人で戦う気か!?　やめろ──」

驚く勇者たちに微笑み、

「奇蹟兵装『グラーシーザ』──混沌形態《カオスフォーム》」

手にした槍に呼びかけた。

——どくんっ！

槍の柄から激しい脈動が伝わる。

「ぐっ……おおおおおおおおおおおっ……！」

同時に、『グラーシーザ』が黒いオーラに包まれた。

「——ほう？」

ギルーアが興味を引かれたようにエリオを見た。

「があああああああっ……！」

咆哮とともに、グラーシーザは漆黒の槍へと変わっていた。

穂先が一回り大きくなり、先端から赤い火花が散る。

混沌形態《カオスフォーム》。

侵攻作戦に備えた訓練の中で、半ば偶然身に付けた奇蹟兵装の新たな段階——。

「お、お前、それ……!?」

勇者たちは驚きを通り越し、呆然とした顔だ。

「えへへ、ずっと修行していたら突然使えるようになって……」

エリオは照れくさくて頭をかいた。

何しろ、使えるようになったのがほんの数日前。発動も不安定で、まだ誰にも言っていなかったのだ。本番で上手くいったことに、とりあえず安堵する。

「こいつは従来の奇蹟兵装の何倍ものパワーがあります。ここは俺に任せてください」

「よ、よし、頼めるか」

リーダー格の勇者が頼もしげに言った。エリオはそれに力強くうなずく。

「いくぞ！」

「蹴散らしてやる！」

突進するエリオを、ギルーアが待ち受ける。

振り下ろされる爪は、今のエリオには止まって見えた。

黒い奇蹟兵装《カオスフォーム》はただ攻撃力が上がるだけではない。手にした者の力を、数倍に引き上げる。

「遅い遅い」

にやりと笑い、エリオは『グラーシーザ』を一閃した。

「がっ……!?」

それで、勝負あった。

鮮血とともに両断されるギルーア。槍を振り、ぴっ、と血のりを払ったエリオは、仲間たちにグッと拳を突き上げた。完全勝利だ。

「――ほう、多少は骨のある者もいるようだな」

ふいに響いた声とともに、魔族の軍勢が左右に分かれた。

「なんだ……!?」

その開いた道を、一人の魔族が悠然と進む。

きらびやかな黄金の甲冑をまとった、獅子の獣人だ。

「お前は——」

空気がぴりぴりと帯電しているような感覚。全身が総毛立つような威圧感。

他の魔族とは明らかに『格』が違う。

「儂は獣帝《ギガントロア》ゼガート。この第四軍を統べる者」

獅子の獣人が名乗る。

「獣帝《ギガントロア》——」

エリオは息を飲んだ。

魔界最強と称される七大魔軍長の一人。魔王の側近クラスだ。

黄金の体毛と甲冑。燃え盛る炎を思わせるタテガミ。

猛々しい獅子の獣人だった。

（こいつが魔軍長か……！）

エリオは漆黒の槍——奇蹟兵装『グラーシーザ』を握り直した。

ずるっ、と滑りそうになる。いつのまにか手の中が汗だらけだった。

（落ち着け……俺は以前とは比べ物にならないほど強くなった。この混沌形態《カオスフォーム》を身に付けたことで）

彼は、いつも天才の姉と比べられてきた。

最強の勇者——四天聖剣《セイクリッドエッジ》の一人として華々しく活躍するフィオーレと、上から四番目のランクで足踏みしている自分。

クゥエル家の次期当主はエリオではなく、フィオーレこそふさわしいのではないか、という周囲の声はいやおうなしに耳に入ってくる。

悔しかった。歯がゆかった。

姉を敬愛しているが、同時に嫉妬と憎しみが入り混じった複雑な思いも抱いていた。

そんな自分が嫌だった。

だが、そんなわだかまりが——ある日突然、エリオを目覚めさせた。

修行の最中、奇蹟兵装が黒く変色し、すさまじい力を湧きあがらせたのだ。

半ば本能的に悟った。

奇蹟兵装のエネルギー源となるのは精神力である。言いかえれば、人間の想いの力。

だが、それは愛や正義といった『正』の心より、むしろ『負』の心の方がより強大な力を与えてくれる——。

聖なる武具の力をより強めるのは、清廉な勇者ではなく邪悪な勇者。

大いなる矛盾だった。

理屈はともあれ、エリオは格段に強くなった。

もっと強い力が欲しい！　すべてを破壊する力が欲しい！

力を求めるほどに、自分の心が黒く染まっていくのをエリオは感じる。

——それが、快感だった。

「俺は、解き放たれたんだ」

エリオはニヤリと笑う。

自分の本性を自覚して。自分は、自由だと悟って。

その想いのままに、彼は槍を振る。

「相手が魔軍長だろうと、いや魔王だろうと——俺は負けない」


エリオは意識を現実に戻した。

「総合LV312、攻撃力3300……他の魔族とはけた違いだ……！」

計測器を持った他の勇者が真っ青な顔でつぶやく。

通常、魔族の総合LVは50前後とされている。一方、上位の勇者は100前後、最強とされる四天聖剣《セイクリッドエッジ》クラスでさえ200前後だ。

エリオ自身の総合LVは76である。

「レベル差は圧倒的だな……」

かすれた声でうめくエリオ。さすがに気持ちを引き締めていた。

「引き裂かれたい者は望み通りにしてやるぞ。この——『破壊の爪撃《ブラスティクロー》』で！」

ゼガートが右腕を振りかぶった。

振り下ろした爪が、大地を割る。

「それとも『斬風牙』がいいか？」

首を軽く振ると、牙から飛び出した衝撃波が勇者たちを数人まとめて両断した。鮮血が、雨のように降り注ぐ。

「あるいは『破壊の尾』か？　『覇者の爪撃』か？　『烈風牙』か？」

繰り出される尾や爪、牙といった肉弾攻撃で大地が割れ、砕ける。勇者たちが次々に真っ二つにされ、あるいは全身が爆裂して吹き飛ぶ。

「ひ、ひいっ⁉」

「つ、強すぎる――」

たちまちパニック状態に陥る勇者たち。

「みんな、もっと下がって！」

エリオはグラーシーザを手に、前へ出た。

「があああああっ！」

雄たけびを上げて突進してくる獣帝《ギガントロア》。

エリオは槍を振りかざし、それを迎撃する。

ゼガートの爪が、牙が、虚空にいくつもの銀の閃きを残し、襲いくる。すさまじいまでの速さと重さを兼ね備えた連撃だ。一瞬でも気を抜けば、エリオは致命傷を負うだろう。

「だが――見えるぞ」

確かに速いが、対応できないほどの速度ではない。

黒い奇蹟兵装の力で極限まで上昇した身体能力や反応速度を駆使し、エリオはゼガートの連撃を槍でさばいた。

十合、二十合、三十合。

互いの攻撃がぶつかり合い、その衝撃で烈風が吹き荒れる。

「ほう!? なかなかの槍さばきだ！」

ゼガートが口の端を吊り上げて笑った。

戦える――。

エリオはそう確信した。押し切ることはできないが、かろうじて相手の攻撃をしのぐことはできる。

ならば、後は他の勇者との連携で勝てる。

「奴に隙が見えたら撃ってください！ それまでは俺がもちこたえます！」

振り返る余裕はないため、エリオは背中越しに呼びかけた。

ゼガートの攻撃で大半が倒れたとはいえ、まだ勇者軍は残っている。

遠距離型の奇蹟兵装を持つ者たちに、ゼガートの隙を狙ってもらえれば――勝てる。

エリオは『グラーシーザ』を風車のように振り回し、果敢に斬りこんだ。

「ふむ、さらに速くなるか――むっ!?」

うなるゼガート。エリオが突然サイドステップしてゼガートから離れたのだ。

直後、弓や投げ槍、投石器型の奇蹟兵装を構えた勇者たちが、いっせいに攻撃を放った。

赤、青、緑、紫――無数の閃光がゼガートに叩きこまれる。

爆光とともに、黄金の甲冑が砕け散った。

同色の体毛が鮮血に染まる。

「っ……！」

わずかに顔をしかめて後ずさるゼガート。

勇者たちは少なからずダメージを与えたようだ。

——否。

「久しぶりだぞ。鎧を砕かれたのは」

ゼガートは笑っていた。

全身を血に染めながら、楽しげに笑っていた。

「そして——久しぶりだ。我が力を抑えこんでいた、この『拘束具』を外すのは」

「拘束具……？」

眉を寄せるエリオ。

「今こそ、我が血に宿る魔紋を発動させる！」

黄金の体毛が揺れ、胸元に血が集まって紋様に変わる。

「では——始めようか！」

ぐん、とゼガートの体が沈みこむ。

一陣の風が、吹き抜けた。

続いて血煙がまき散らされる。

「えっ……!?」

エリオは呆然と立ち尽くした。

振り返ると、自分以外のすべての勇者がズタズタに切り裂かれて倒れていた。

「な、何が……起きた……!?」

一瞬――だった。

おそらくは、今の風はゼガートが駆け抜けていったときに発生したもの。

攻撃どころか、動きそのものが見えなかった。

黒い奇蹟兵装で飛躍的に強くなったエリオの目ですら。

「あり得ない……速すぎる……！」

「ふん、もう少し戦いを楽しもうと思ったが……まあいい」

爪についた鮮血をペロリと舐めながら、ゼガートが笑みを深める。

「かつての魔王――『真紅の獅子』ロスガートの血脈に連なる、このゼガートを人間ごときが倒せると思ったか？」

ゼガートが一歩踏み出す。

「ひ、ひいいい……」

エリオはその場にへたりこんだ。

すでに戦意は失せていた。

手にした『グラーシーザ』は漆黒から純白に戻り、がらん、と地面に落ちる。

「助け……て……」

エリオは青ざめた顔で懇願した。

じわり、と温かいものが股間に広がる。恐怖のあまり失禁してしまったことに気づいた。

「ははははは！　いいぞ！　その顔だ！　儂が人間の表情でもっとも好きなのはそれだ！　恐怖と絶望……くくく、力があふれてくるようだ！」

ゼガートが哄笑する。

「さあ、もっとおびえろ！　神に祈れ！　その祈りごと――儂が叩き壊し、すり潰し、滅してくれよう！」

（こ、殺される……）

エリオは絶望とともに心の中でうめいた。

（助けて……姉さん……！）

魔王城――。

「ゼガートが劣勢？」

「はい、第四軍の伝令からそのような知らせが」

ステラが俺に報告する。

魔軍長たちをそろえての謁見はすでに解散したため、この場には俺と彼女しかいない。

「ゼガートを追いこむとは……」

やはり今回の勇者軍は前回よりも猛者ぞろいのようだ。あるいは四天聖剣《セイクリッドエッジ》クラスがいるのかもしれない。

「増援を向かわせますか？　リーガルか、あるいは性格面やムラッ気に難がありますがジュダ辺りを――」

戦闘能力から考えると、その二名のどちらかが適任だろう。

やはり、リーガルだろうか。

考えたところで、背筋にゾクリとした悪寒が走った。

なんだ……？

それは、直感のようなものだった。

魔王としての能力ではない。

俺が人間だったころから身に付けていた力――戦士としての、カンだ。

そのカンが告げていた。

俺が動くべき状況だ、と。

「リーガルもジュダも待機だ。魔王城の防衛や新たな敵に備えさせる」

王座から立ち上がる俺。

「増援には俺が向かう」

「フリード様自らが……？」

驚いたようなステラ。

「敵は前回より強いみたいだからな。俺が勇者たちを撃退すれば、味方の士気も上がるだろう。ゼガートや増援が敗れて、他の兵たちが動揺する事態は避けたい」

「今後の戦局も見据えて、ということですね。それでも、私は――」

ステラの表情が曇った。

「心配か？」

「あなた様の力を信じています。ただ……」

「俺は『光の王』をも打ち破った最強の魔王だぞ」

にやり、と半分冗談めかして笑う。

「安心して待っていてくれ」

一瞬の沈黙の後、ステラは小さく息をついた。

「では、これをお持ちください」

俺の前に屈みこむステラ。

銀色の髪をひと筋切り落とし、

「フリード様の指に結びますね」

と、俺の指先に巻きつけてくれた。

「これは？」

「一種の通信術です。緊急の事態があったときには、この髪を通じて私が念話や映像などを送りますので」

「便利だな」

「……お気を付けくださいませ、フリード様」

立ち上がったステラが俺を見つめた。

「敵にも、それに……」

「分かっている。警戒はしているさ」

ステラの言いたいことは、皆まで言わずとも分かっていた。

勇者軍はもちろん、ゼガートにも決して気は抜けない。


俺は冥帝竜《ベル》に乗り、ゼガートたちのいる戦場に到着した。

「魔王様、ご足労いただきかたじけない」

出迎えた黄金の獅子獣人が、俺に一礼する。

「戦況はどうなっている？」

「我が勇猛なる第四軍の奮闘もあり、勇者どもを掃討いたしました」

周囲には、むせ返るような血臭と死体の山……勇者たちは全滅したようだ。

どうやらここに向かう間に、戦況は一変したらしい。

増援として俺が来るまでもなかったか。

「そのうちの一人に手こずらされまして。増援を求めたのですが、儂と部下たちの奮闘もあり、どうにか盛り返せたわけです。魔王様にとんだ無駄足を踏ませてしまい、恐縮です」

「……いや、勝利したのは何よりだ」

言いながら、俺は仮面の下で唇を噛んだ。

数百人単位の勇者たちの死体を見て、まったく何も感じないといえば嘘になる。

だけど、俺は『魔王』だ。

三か月間、大勢の魔族たちとともに過ごしてきた。

戦争なんだから、どちらかが一方的な善で、どちらかが悪だなんて言うつもりはない。さすがに、そこまで青臭い考えは抱いていない。

ただ、俺は大切だと思う者を護りたい。それは人間の勇者だったときも、生まれ変わって魔王になった今も変わらない。

そして今、俺が大切だと思う者たちは――、

「どうなさいました、魔王様？」

ゼガートがニヤリと笑って、俺を見ている。

内心を見透かされた気がした。

「……お前たちの勇猛さに感嘆した」

俺は仮面越しに獣帝《ギガントロア》を見返す。

「大きな戦果だ。よくやった、ゼガート」

「光栄です」

ゼガートはニヤリとした笑みを深くする。

口の端がめくれあがり、長い牙が見えた。

「魔王様、緊急事態です」

ふいに、ステラの声が響く。

まるで脳内に直接響くような、声。さっきの説明通り、俺の指に巻きつけられた彼女の髪を通し、声が聞こえるようだ。

「獄炎都市ジレッガと黒雷都市バルドスにそれぞれ勇者軍が攻めこんできました。都市の守備隊だけでは防ぎきれない模様です。増援を送りますか？」

ジレッガとバルドスは、それぞれ王都に次ぐ魔界第二、第三の規模の都市である。そこへの二点同時襲撃か。

「ジレッガにリーガルの第二軍を、バルドスにジュダの第五軍をそれぞれ向かわせろ。俺もすぐに戻る」

「承知いたしました」

ステラとの通信が切れる。

よほどの相手でないかぎり、リーガルやジュダが上手くやってくれるだろう。だけど、敵軍がこれだけとは限らない。もしかしたら、さらに第三、第四波と押し寄せる可能性もある。

「――魔王様」

そんな予感を裏づけるように、ゼガートが言った。

「新手です」

振り返ると、勇者軍の増援が近づいてくるのが見えた。


『神託の間』での修行は、全工程を終了した。

ルドミラとフィオーレは、実戦形式の模擬戦で神の使徒であるルージュを打ち破るまでに成長した。今までとは比べ物にならないほど強くなれた。

ルドミラたちが『神託の間』から外に出ると、ちょうど隣の部屋からも二人の勇者が出てくるところだった。

魔法使いを思わせるローブ姿の、爽やかな美青年。

そしてフルプレートアーマーの騎士。

『水』の四天聖剣《セイクリッドエッジ》シオンと『地』の四天聖剣《セイクリッドエッジ》リアヴェルトである。

「修行は終わったのか」

たずねたのはシオンだった。

『剣聖』ザイラスの直系の子孫であり、超絶の槍術は世界最強と称される青年だ。

魔法の腕前も大国の宮廷魔法使いクラスで、槍も魔法も操るバトルスタイル——いわゆる魔法戦士だった。

「ええ。君たちも？」

ルドミラがたずねると二人は力強くうなずいた。

「新たな力を手に入れたよ」

「もはや魔族など恐れるに足りないネ」

「気をつけて」

声が響き、二人が出てきた扉越しに少年の姿が浮かび上がる。

ルージュとよく似た顔立ちの、美しい少年だ。

「俺たちはあの方に鍛えられた」

と、シオン。どうやらルージュがルドミラたちに稽古をつけてくれたように、シオンたちへのコーチ役は彼のようだ。

「行ってきます、ノワール様」

シオンが一礼し、リアヴェルトは無言で小さくうなずく。

「勇者たちよ、君たちの武運を祈ってるよ」

彼——ノワールが微笑んだ。

「わたしたち天使はいつでもあなたたちを見守っています」

隣の扉には、ルージュの姿が浮かび上がる。

「がんばってね、みんなっ」

二人の天使は神の許可を得ないかぎり、こちら側には出てこられない。

本来なら扉越しの面会も規律違反なのかもしれない。それでもこうして挨拶してくれるのは、きっと別れを惜しんでくれているのだろう。

「――行ってきます」

ルドミラは感謝の思いで深々と頭を下げた。

大聖堂を後にすると、数か月ぶりの日光がまぶしかった。

修行が終わったのだという解放感と、これから大きな戦いが始まるのだという高揚感が同時に訪れる。


いよいよ、決戦だ。

「今度は負けない」

かつて魔王と戦い、敗れた記憶がルドミラの脳裏によみがえる。

あのときは手も足も出なかった。

圧倒的な力の差があった。

絶望的な力の差に打ちのめされた。

「でも、今は違う。もう違う」

ルドミラは力強く拳を握りしめた。

ツインテールにした青い髪が、黄色いリボンが、風にはためく。

「あたしは魔王を討つ。そして、この世界に平和を――」

魔界第二の都市ジレッガにはリーガルと第二軍が。

同じく第三の都市バルドスにはジュダと第五軍が。

それぞれ魔王フリードの命を受けて、勇者の迎撃に向かった。

「あの二人なら安心ね」

フェリアは一息ついた。

直接的な戦闘力はそれほどでもない自分と違い、リーガルもジュダも魔界最強クラスの力を持っている。人間の勇者がいかに強かろうと、彼らならきっと討ってくれる。

「油断するなよ、フェリア魔軍長」

ステラが堅い口調で忠告した。

「第二波、第三波が来たなら、第四波が来ないともかぎらない。私たちも敵襲に備えなければならない」

「でも、前回は百人程度の侵攻だったじゃない。たった三ヶ月でそこまでの大軍を魔界に送りこめるかしら？」

「魔界を守る結界は、神ですら突破できないほど強固であります。多少のほころび程度は作れても、強い聖性を持つ者が入れるほどの巨大な裂け目を作るのは至難というのが自分の意見であります」

ツクヨミが淡々と説明した。

まるで機械のようだ、と思う。何を考えているか分からないこの改造生命体《ホムンクルス》が、フェリアは苦手だった。

「強い人はなるべく来ないでほしいです。そんなことより妄想して、平和に暮らして、妄想していたいです」

と、オリヴィエ。狐耳としっぽが、ぴょこん、とかわいらしく跳ねる。

「妄想か……いいわね」

フェリアはチロリと舌で己の唇をなめた。

「じゃあ、あたしは魔王様と濃厚な夜の生活を……ふふふ」

「待て、フェリア。何をいかがわしい妄想をしている」

「あら思想や感情は自由でしょ」

「不敬だと言っている。だいたい今は非常時だ。そんな妄想に浸っている場合か」

「だからこそ、心の潤いと余裕が必要なのよ。あたしが得意とする精神系魔術の基本ね」

「むむ……」

そのとき、城の外で轟音が響いた。

バルコニーの方に向かうと、王都の一画から黒煙が上がっている。

「勇者軍――」

いずれも黒い衣装をまとい、黒い剣や槍などを構えた三十人ほどの勇者たちだ。

王都の守備兵は、次々とその攻撃の前に倒れていく。いずれも精鋭ぞろいの守備兵だが、さすがに相手の勇者たちも手練のようだった。

彼らが振るう黒い奇蹟兵装が、一方的に魔族を打ち倒す。

「っ……！」

フェリアの胸の鼓動が一気に早まった。

「う……ぐ……」

込み上げる恐怖で全身が重くなる。

目の前が暗くなる。四肢が震え、止まらなくなる。

「？　どうした、フェリア――」

「い、いや……勇者は、怖い……」

訝しむステラに、彼女は首を激しく振った。

先の戦いの記憶が、フェリアの脳裏によみがえる。

噴き出し、ドス黒い恐怖とともに彼女を染めていく。

彼らは容赦なくフェリアの部下たちを殺した。

彼らは容赦なく非戦闘員の魔族たちを殺した。

そして彼らの刃は、フェリアにも殺到した。

――殺される。怖い。死にたくない。助けて。誰か。

間一髪逃れたものの、初めて味わった死の一歩手前という状況は、彼女にすさまじいトラウマを植えつけた。それが理由で周囲に結界を張って閉じこもり、やがて彼女の『夢を作る』能力は暴走し、魔界全土に広がっていった。

少なくない被害をもたらしたものの、夢の世界に踏みこんできた魔王フリードによって彼女は覚醒し、救われたわけだが……。

彼の存在がフェリアに希望と勇気を灯した。

彼が見せた勇猛な戦いぶりに、ふたたび立ち上がる気力をもらった。

だが、やはり勇者は強い。

「怖い――」

「フェリア……」

「だめ、やっぱり怖い……怖いの……」

フェリアは首を左右に振った。

ここにはリーガルもジュダもいない。

残った魔軍長は戦闘に特化したタイプとは言い難い。守備兵も次々に蹴散らされている。

遠からず、勇者軍はこの城まで到着するだろう。

「――大丈夫だ。落ち着け」

ステラがフェリアの肩を抱いた。

「私の魔力もほとんど全快に近い。奴らの弱点を見切ってみせる。オリヴィエもいる。ツクヨミもいる。そして多くの魔族がいる。お前にもサポートを頼む」

「ステラ……」

「たとえ我々が勇者軍より戦力的に劣っていたとしても、耐えしのぐ手立てを見つけよう。最後まで諦めるな」

凛と告げるステラは頼もしかった。

フェリアの気持ちがフッと軽くなる。彼女がそばにいるだけで、勇気が湧いてくる。

フリードと同じだ。

「そうか……そうだね」

彼女の――いや、仲間たちの存在こそが、フェリアにとって希望なのだ。

「だから、あたしも」

フェリアは拳を握りしめた。

手足の震えはいつの間にか止まっていた。

「ただ守られているだけ、っていうのは――もう終わりにするわ」

薄桃色の輝きが、彼女の前面にあふれる。

「精神魔術《アストラル》発動――」

無数の光が収束し、空中に複雑な軌跡を描き、魔法陣を作り出した。

「夢幻の世界・幻惑の型《ナイトメアワールドミスティア》」

対象の精神に作用し、強烈な幻惑効果を引き出す魔法だ。

黒い勇者たちの周囲に薄紫のモヤがまとわりつく。

「う、うわっ、突然化け物が……!?」

「崖崩れだ、全員退避……っ!」

ほどなくして、彼らの動きが止まった。フェリアの幻覚によって、一時的に現実を認識できなくなっているのだ。

「奴らが動かなくなった……!?」

「フェリア様、すごいです」

「精神干渉系の高レベル魔法でありますか。しかし、これほどの数の勇者を一度に――」

ステラ、オリヴィエ、ツクヨミがこちらを見ている。

「ふうっ……」

フェリアは大きく息を吐き出した。

さすがに三十人もの勇者を幻惑するのは、大量の魔力を消費する。

「当分は足止めできるわね」


二時間ほどが経ったが、勇者たちはその場をウロウロとさ迷ったり、虚空を見つめてぶつぶつと何かをつぶやいたり――心ここにあらずといった様子だった。

フェリアの幻惑はあいかわらず効果を発揮しているようだ。

「だが、無限に止めていられるわけではないのであります」

と、ツクヨミ。

「止めているだけでは勝てない。次の手立てを今のうちに打っておかなければならないのであります」

「では、王都内の軍を総動員して攻撃しよう。反撃を受けるリスクもあるが、今なら倒せる――」

ステラが言ったそのときだった。

強烈な輝きが天空を照らし出す。空が割れ、新たな一隊が王都に降り立った。

「さらに増援が来るだと……！」

ステラがうめいた。

フェリアも険しい表情になる。

ざっと見たところ、増援は三十人ほど。しかも――相手が雑魚ならともかく、いずれも一線級の勇者のはず。これ以上の人数を幻惑するのは、さすがに無理だった。

「まずいわ。もう止められない……！」

増援の勇者たちは王都の大通りを一直線に進んでくる。もう一度、さっきの幻惑魔法を使おうとするが、とても魔力が足りない。

「いや、十分だよ。よく時間を稼いでくれた」

ふいに、声が響いた。

「これ以上は通さないよ、勇者たち――灼天の火焔《メガファイア》」

天空から紅蓮の炎が降り注ぐ。

「ぐあああああっ……」

最大級の火炎呪文を受け、勇者軍が苦鳴とともに吹き飛ばされた。

「さすがに魔軍長だね。相手の心理の死角を突き、幻惑の無限ループに叩きこむ——精神魔法のお手本のような構成だ」

白銀の髪に褐色の肌をした美少年が上空に現れ、戦場に降り立った。

「君が第一陣を止めてくれたおかげで間に合ったよ」

こちらを振りかえって微笑むジュダ。

「後は私が引き受けよう」

無造作な足取りで歩みを進める。

「舐めるなよ、魔族!」

「我ら三十人をたった一人でだと!」

手に手に黒い奇蹟兵装を構え、勇者たちが吠えた。

「気を悪くしたかな? でも、これは正当な戦力評価だと思うよ」

ジュダは銀髪をかき上げ、右手を前に差し出した。

「太古の勇者たちが使った黒い奇蹟兵装——混沌形態《カオスフォーム》。それがなぜ今の世によみがえったのか。神の力が戻ってきているのか、あるいは——」

「何をごちゃごちゃ言っている!」

勇者たちが怒号とともに突進してきた。

黒い剣や槍、弓矢などから、通常の奇蹟兵装をはるかに上回る攻撃が次々に飛んでくる。

『ルーンシールド』」

ジュダはそれらを魔力障壁一つであっさりと吹き散らした。

「馬鹿な、俺たちの奇蹟兵装は通常よりはるかにパワーアップしているはずなのに――」

「私はね、その黒い奇蹟兵装を相手に戦ってきたんだよ。太古の昔、我が友『始まりの魔王《ヴェルファー》』とともに。幾百幾千の戦場を」

ジュダの手のひらに淡い輝きが灯る。その光は赤、青、黄、緑……と次々に色彩を変えながら、次第に光度を増していく。

「太古の勇者たちを数限りなく屠ったこの魔法――君たちにもプレゼントしよう。さよなら、黒い勇者たち」

微笑とともにジュダの呪文が完成した。

「『滅聖終末虹《ディヴァインエンド》』」

天空から虹色に輝く無数の流星が降り注ぐ。

それらが黒い奇蹟兵装を砕き、黒い法衣を貫き、

「が……は……ぁっ……」

立ちはだかる三十人の勇者と、幻惑に囚われたままの三十人の勇者――そのすべてを、瞬時に絶命させた。

新手の勇者軍を、俺はゼガートとともに片づけた。

いずれも精鋭の勇者たちだったが、俺が攻撃魔法を二、三発見舞うとほとんど掃討することができた。

――勇者たちを一方的に薙ぎ払うことに、何も感じないわけじゃない。

俺だって、かつては勇者だったんだから。

だけど余計な感情は押し殺して、目の前の戦いに集中した。今はただ、俺の仲間たちを――魔族たちを守ることだけを考えるんだ。

ほどなくして敵を全滅させ、俺はゼガートとともに王都へと戻ってきた。

そのときには、すでに戦いの決着はついていた。

バルドス市の勇者軍を撃退したジュダが、王都に戻ってきてこちらの勇者軍も倒したそうだ。彼が戻るまでは、ステラやフェリアたちが時間を稼ぎ、耐えたのだという。

「全員、よくやってくれた」

俺は魔軍長たちの活躍をねぎらった。

ジレッガ市で戦っているリーガルは戻っていない。勇者軍と交戦中らしい。

ただし戦況は優勢で、そろそろ決着がつくとのことだった。

さらに新手が押し寄せる気配はないし、今のうちに全軍に休息をとらせておこう。

「魔軍長は各軍に休息を通達。お前たちも休んでくれ」

ステラたち六人に命じる。

「また戦況の変化があれば教えてくれ」

言って、俺は私室に戻った。三十分ほどして、私室のドアがノックされる。

「魔王様、ちょっといいかしら？」

「入れ」

俺が言うと、薄桃色の髪をツインテールにした美女が入ってきた。

「どうした、フェリア？」

「お疲れの様子だから」

艶然と微笑むフェリア。

「それほどでもない。戦いはほとんどゼガートたちが片づけたからな。王都での戦いも、俺が戻ったときには終わっていたし」

「直接戦闘以外にも精神的な疲れはあるでしょう？　これだけ大規模な攻勢の指揮を執るのは、初めてのはずよ」

「それは……まあ、そうだな」

魔王になってから、何度か激しい戦いは経験してきた。だが、そのほとんどは一対一か、それに近いもの。あるいは多数とはいえ、一瞬で終わるような単発の戦いばかりだった。

魔界全土に次々と押し寄せる軍を、こちらも軍を率いて戦う――というのは、初めての経験である。

魔王になってからだけでなく、人間時代を通じても。

何せ人間の勇者だったころは、ただの一戦士でしかなかったから『指揮』の経験すらない。ある意味では、自分で直接戦うよりずっと精神的な消耗が大きい。

しかも直接戦闘においても、大勢の勇者をこの手にかけたばかりだ。

「俺が冥帝竜《ベル》で戦場まで行って、勇者たちを一掃していけばすぐ終わる――というわけにもいかないしな」

同時に、次々と離れた場所に出てくる勇者軍。

いくら冥帝竜《ベル》とはいえ、そこに駆けつけるまでには多少のタイムラグがある。

その間にも、戦況は刻々と変化する。俺が離れている間に、別の場所に増援が来ることもあるかもしれない。

必要とされるのは個人での戦闘能力だけでなく、戦況を見通す『戦術眼』――思ったよりも、立ち回りが難しい。

「だからこそ、休むべきときは休まないと。あたしが癒してさしあげたいわ」

言いながら、フェリアがすり寄ってきた。

「お、おい、フェリア――」

またチャームでもかけるつもりじゃないだろうな。

内心で苦笑したところで、フェリアが俺の胸に飛びこんできた。

「あたしは……三か月前の戦いで、勇者軍に恐怖した。今でもその恐れは残っているの」

「フェリア……？」

「さっきの戦いでも、最初は怖かった。でも、魔王様のことを思い出したり、ステラたちの戦いを見ていて——あたしも戦う気持ちが湧いてきた。仲間の存在が、あたしに勇気をくれた」

フェリアが独白する。

「支えられてばかりだけど、魔軍長の一人として、あたしはもっともっとがんばらないと、って思ったの」

「支えられてばかり、ってことはないだろう。お前の力は勇者軍の足止めに貢献した、と報告を受けている」

俺は仮面越しに微笑んだ。

「みんながお前に勇気をくれたなら、お前もまた他の者たちに勇気を与えたんだ。胸を張ればいいさ、フェリア魔軍長」

「……ふふ、ありがとう」

フェリアははにかんだ笑みを浮かべ、

「ん」

背伸びするようにして、俺にキスをした。

仮面越しに、俺の頬の位置に。

「フェリア……!?」

「お礼代わり、よ」

「……何をなさっているのですか、魔王様。それにフェリアも」

「うお、ステラ!?」

戸口にステラが立っていた。しかも、ものすごく不機嫌な顔で。

「もう、ノックもしないなんて」

「っ……!? し、失礼しました。女の声が聞こえたので、つい――」

「ふふ、ヤキモチなんてあいかわらず乙女ねぇ」

「ち、違う、これはヤキモチではなく忠誠心――というか、話を逸らすな、フェリア！ お前、魔王様に何をしている！」

ステラが叫ぶ。

「仮面越しとはいえ、ま、魔王様に、くくくくく口づけなどをっ！」

「あれ、羨ましかった？ ステラもする？」

悪戯っぽく笑うフェリア。

「あたしたち二人で、それぞれ魔王様の素顔に――今度は、唇に。ふふふ」

「ふ、ふざけるな！ 私のファーストキスを、そんな軽々しく――」

「魔王様相手に初めてを捧げるのは嫌ってことね？」

「そんなことは言ってない！ その、魔王様が相手なら……」

急にモジモジしながら、ステラが俺をちらりと見た。

「魔王様はどう？　あたしたちのこと、女としてどう思ってるの？」

「フェリア、無礼にもほどがあるぞっ⁉」

ステラはパニック寸前といった様子だ。

「あらあら、そんなこと言いながら、ステラも気になるでしょ？　魔王様の気持ち」

「うっ、気になる……すごく」

真っ赤な顔でうなずくステラ。

いやいやいや、話がどんどんズレていっている気がするぞ。

◆

太陽が差さない暗黒の世界。

濁った風が、結い上げた金髪に絡みつく。よどんだ空気が、肌にまとわりついてくる。

――嫌な場所。

フィオーレ・クゥエルが初めて魔界に降り立ったときの感想は、そんなシンプルなものだった。

人ではなく、魔が住まう場所。

そんな表現が感覚的にしっくり来る、邪悪の巣食う場所だ。

貴族の令嬢として生まれた彼女は、最強の勇者『四天聖剣《セイクリッドエッジ》』の一人として家門の誉れとなった。

この嫌な場所を、そこに巣食う悪をすべて薙ぎ払い、今まで以上にクゥエル家の名を轟かせてみせる――。

　そう、決意を新たにする。

「行くわよ。最短で魔王城に行き、最速で魔王を討つ」

　告げたのは、ルドミラだ。

「ああ。今の俺たち四人の力が合わされば、魔王も敵じゃないさ」

　その隣には魔法使い風のローブをまとった青年、シオンが。

「使命を果たすのみですネ」

　うなずいたのは全身鎧の騎士、リアヴェルト。

「エリオたちが先行しているはずですわ」

　フィオーレが言った。

　エリオは、彼女の弟だ。第四位階『主天使級《ドミニオン》』の奇蹟兵装を操る勇者であり、魔界侵攻作戦の第一陣メンバーに選ばれたホープでもある。

（無事でいて、エリオ……）

　フィオーレは本当は、彼が勇者になること自体、反対だった。

　彼にはフィオーレほどの素質はない。姉である自分に憧れ、才のなさを承知で勇者養成機関に入ったようだ。そして、ある程度の力を手に入れた。

　弟は、並の勇者よりもはるかに強い。だが、最強と称される四天聖剣《セイクリッドエッジ》のフィオーレから見れば、その力は危なっかしいものだった。

（早く合流しなくては……）

逸る気持ちにかられ、フィオーレは他の三人とともに魔界を進み出した。

フィオーレたちは街道を進み、巨大な城壁に囲まれた都市に差しかかった。

他の町に比べても、かなり大規模な都市だ。

「ここから先は通さん」

古めかしい甲冑をまとった髑髏の剣士が立ちはだかる。

さらに、ぼこっ、ぼこっ、と地面から無数の動死体《ゾンビ》が現れ、大気から死霊の群れがにじみ出した。

アンデッド軍団総登場だった。

「俺は魔王軍第二軍を統括する魔軍長リーガル。魔界に仇なす者は、すべて我が剣の露となれ」

無数の骨を組み合わせたような不気味な剣を構えるリーガル。

「今のあたしたちは、誰にも止められない」

弓型の奇蹟兵装『ラファエル』を手に、ルドミラが不敵に言い放った。

「蹴散らすわよ、みんな」

自信に満ちあふれた言葉だった。

それも当然だ。自分たちは、神託の間の修行で計り知れないほど強くなったのだから。

「ええ」

うなずき、細剣型の奇蹟兵装『ミカエル』を構えるフィオーレ。

「新たな力での初陣だ。派手に行こうか」

シオンが槍型の奇蹟兵装『ガブリエル』を携える。

「最短距離で魔王のもとまで突き進むのみダ」

巨大なハンマー型の奇蹟兵装『ウリエル』を掲げるリアヴェルト。

同時に、全員の体を漆黒の衣装——黒の法衣《カオスジャケット》が包んだ。

「——参る」

短く告げたリーガルの言葉とともに、戦いが始まった。

無数の死霊が瘴気の衝撃波を放ち、ゾンビたちが四方から包囲網を狭めてくる。

「弐式・最大装弾精密連射《アクセルサウザンドアロー》！」

ルドミラの放つ数千の光の矢が、ゾンビたちをまとめて射抜いた。

聖なる力によって、すべてのゾンビが動きを止め、消滅する。

「弐式・桜花の炎《ファイアフラワーバスター》！」

フィオーレの細剣から炎が渦を巻いて飛び出し、死霊たちを焼き払った。

「……俺たちの出番がないな」

「……まったくダ」

背後でシオンとリアヴェルトが少しさびしげだった。

と、

「部下たちを——おのれ！」

リーガルが地を蹴り、突進する。

重厚な鎧をまとっているとは思えないほどの超速だ。

フィオーレは細剣を振るい、その突進を迎え撃つ。

ばしっ、と音がして、リーガルの両腕が切り落とされた。

「――えっ⁉」

いや、違う。彼女が切り落とす前に、リーガルの腕がひとりでに千切れたのだ。

左右の腕はそのまま宙を滑り、

「『ハーデスブレード』！」

背後から、瘴気をまとった骨剣が繰り出される。

「くっ……」

斬撃を避け切れず、フィオーレは背中を直撃された。

「何……⁉」

だが驚きの声を上げたのは、リーガルのほうだ。

「以前のわたくしなら今の一撃で殺されていたかもしれませんわね。ですが――」

気品をたたえた微笑とともに、フィオーレは細剣を構え直した。

身に付けた黒い衣装が、『ハーデスブレード』の威力を相殺していた。

「黒の法衣《カオスジャケット》をまとった今、その程度の瘴気など通用しませんっ」

今度は彼女が突進する。

両腕がない今、髑髏の剣士は無防備だ。

「終わらせる――」

「ちいっ」

リーガルは間一髪で両腕を体に戻し、骨剣でその一撃を受け止めた。さすがに魔軍長だけあって、手ごわい。

「神気烈破導《オーラバースト》！」

フィオーレが叫んだ。

同時に、全身からたちのぼる神気《オーラ》が数倍に膨れ上がる。

「パワーがまだ上がる……だと……!?」

リーガルの驚愕の声を飲みこんで。

「言ったはずです、終わらせると――」

エリオと合流するまで、歩みは止めない。

炎をまとったフィオーレの斬撃が、髑髏の剣士を両断した。


俺はステラとフェリアに挟まれた格好になっていた。

「さあ、魔王様。あたしたちのことをどう思っているの？　単なる部下？　それとも女として見てもらえるのかしら」

と、フェリア。

いや、急に何言ってるんだ。

「あたしよりもステラの方がお好み？　ときどき、いい雰囲気になるし」

「い、いい雰囲気……」

ステラがなぜか頬を緩めた。

「そうか、私と魔王様が……」

「ふふ、ステラは可愛いもの。自信持っていいわよ」

「本当か、フェリア」

「可愛い可愛い」

「お前、本当はすごくいい奴なのか」

「……『本当は』って普段どう思ってたのよ」

「い、いや、すまない。他意はないんだ」

ジト目のフェリアに、ぺこりと頭を下げるステラ。

いやいやいや、話がますます妙な方向に逸れているぞ。

「失礼いたします、魔王様」

「おつかれさま、魔王くん」

新たにやって来たのは、ゼガートとジュダだった。

「報告に来たのですが……取り込み中ですかな？」

俺とステラ、フェリアを順番に見て、にやりと笑う獣帝《ギガントロア》。

「いや、なんでもない。報告、とは？」

「たった今、伝令から情報が入りました」

ゼガートが告げる。

「ジレッガで戦っていたリーガルと第二軍が、勇者たちに敗れた模様──」

「報告によれば、リーガルは四天聖剣《セイクリッドエッジ》と名乗る勇者たちに倒されたようですな」

と、ゼガート。

四天聖剣《セイクリッドエッジ》。最強と称される四人の勇者たちだ。

そのうちの一人、ルドミラとは以前に戦ったことがある。場に、愛弟子だったライルもいたゴタゴタで、とどめを刺すには至らなかったが──。

「リーガルが敗れるほどの相手……半端な戦力を送っても、返り討ちでしょうな」

ゼガートが顎をしゃくる。

「どうなさいますか、王よ」

獅子の瞳には、まるで俺を試すような光が宿っていた。

「──俺が行く」

即断した。

「ほう、王自らが」

「リーガルは魔界屈指の猛者だ。それを打ち倒すほどの相手なら、俺が出るしかない」

俺は真っ向からゼガートの視線を受け止め、言った。

「お前やジュダにはここの守りを頼みたい」

「ご武運をお祈りいたします、王よ」

ゼガートが恭しく頭を下げた。

「がんばってね、魔王くん。まあ、君なら滅多なことはないと思うけど」

ジュダのほうは気楽な口調だ。

「魔王様、もう一つ——強大な力を持つ勇者の気配が近づいていますす」

ステラがハッと顔を上げた。その額に第三の瞳が開いている。

「何?」

「数は二。進路上の守備隊はことごとく一瞬で撃破された模様」

「……次々に来るな」

俺はうなった。

そちらも、ジレッガに現れた勇者と同レベルの相手かもしれない。あるいは四天聖剣《セイクリッドエッジ》の可能性もある。

それが二手か、あるいはもっと多くのルートに分かれ、別々に進撃している——？

だとすれば、いずれも並の魔族では相手にならないはず。

「そちらはジュダに任せる。俺はすぐにジレッガに向かう。後の指揮はステラに任せる。ゼガート、フェリア。残りの魔軍長と連携して魔王城への敵襲に備えろ」

俺は手早く指示を出し、場を後にした。


四天聖剣《セイクリッドエッジ》の行軍は、まさしく快進撃だった。

立ちはだかる魔族は、黒い奇蹟兵装《カオスフォーム》の力で瞬殺。

相手の攻撃はすべて黒の法衣《カオスジャケット》で封殺。

切り札である神気烈破導《オーラバースト》を使うまでもない。

あっという間に魔界の外縁部から中心付近まで迫っていた。

「この先はどうやって進みますか？　四人で一直線に魔王城まで？」

フィオーレがたずねた。

「それとも――」

「そろそろ二手に分かれましょう」

ルドミラが言った。

「敵の罠なり予期せぬ強敵なりに、全員が一網打尽にされるリスクは避けたいから」

「俺も同意見だ。魔軍長はまだ六体残っている。一筋縄でいく相手ではないだろうからね」

賛同するシオン。

「俺とリアヴェルト、ルドミラとフィオーレという組み分けでどうかな？　一緒に修行した組だし、連携も磨かれているはずだ」

「異存はありまセン」

「わたくしもです」

フィオーレはルドミラとともに進む。

進みながら、少しずつ嫌な予感が高まっていた。

快進撃に次ぐ快進撃だというのに、いったいなぜ――。

その疑問は、やがて解消される。

最悪の形で。


『それ』を発見したのは、山間に差しかかったところだった。

「あ」

フィオーレの表情が凍りついた。

口が、息を大きく吸いこんだ形で止まる。

「ひどい……」

ルドミラがつぶやく。

血に染まった大地に、無数の勇者たちの死体が折り重なっていた。フィオーレはその一点に、視線を釘付けにされた。

言葉が出てこない。

目にした光景を、頭が否定する。

理性が否定する。心が否定する。

駄目だ。あり得ない。

あってはならない。

「ああ……あ……」

がくり、と膝から力が失せ、フィオーレはその場に崩れ落ちた。

「あああ……あああああ……あ……ああ……」

絞り出すような苦鳴と悲鳴。

彼女の視線の先にあるものは――。

無造作に地面に転がった、愛する弟エリオの生首だった。


シオン・メルティラートは荒野を進んでいた。

隣にはフルプレートアーマーの騎士――リアヴェルトがいる。

「魔王城まではまだまだ遠いな」

はるか前方にそびえる巨大な城を見つめ、シオンは嘆息した。

「これ以上の速度は出せないネ」

と、リアヴェルト。

二人の足元からは土煙が上がっている。

リアヴェルトが持つ『地』の奇蹟兵装の力を使った高速移動。馬よりもはるかに早く移動しているものの、それでも魔王城はずっと先だ。

「随分と逸《はや》っているようだナ、シオン」

「逸るというか、昂ぶっているのさ。前回の侵攻戦では、俺たち四天聖剣《セイクリッドエッジ》はカヤの外だったからね。ようやく出番が来た、と言う感じだ」

爽やかな笑顔は崩さず、それでいてシオンの胸の内には激しい炎が燃えていた。

正義と使命感の炎が。

「我が祖先、剣聖ザイラスの名にかけて——魔王は俺が討つよ」

「家門のためカ？」

「使命さ」

シオンが爽やかに笑う。

「生まれ落ちたときから、メルティラート家の者はその使命を負う。勇者として戦い、世界を救う。人生のすべてをその使命に捧げる」

「定められた道筋を歩む人生だナ」

「俺はそれで納得しているし、満足もしているよ」

と、シオン。

「そうやって多くの人を守ってきた。多くの人の笑顔を。幸せを。そのことに誇りを持っている。それが俺の、生涯の使命さ」

何よりも、充実感を。

「生涯の使命……か。随分と窮屈な生き方だね」

突然前方が陽炎のようにかすみ、すらりとしたシルエットが出現する。

「お前は――」

「魔軍長の一人、極魔導《マスター》ジュダ・ルギス」

少年にしか見えないが、魔族である以上、見た目通りの年齢とはかぎらない。まるで数千年か数万年以上も生きたような、荘厳な気配を漂わせていた。ただ者ではなさそうだ。

「ここから先は通さないよ」

「なら力ずくで、と言ったら？」

不敵にたずねるシオン。

「私に力でかなうと思うなら、試してみればいい」

銀髪の魔族は笑みを絶やさない。

「なら――そうさせてもらう」

シオンとリアヴェルトは黒い奇蹟兵装を構えた。

俺は冥帝竜《ベル》に乗り、一路ジレッガに飛んでいた。その途上、

「強烈な神気《オーラ》を感じるよ、フリード様」

ベルが言った。

「神気《オーラ》？」

「勇者だろうけど、まるで天使クラスだね——かなり強い人たちみたい」

「場所はどこだ？」

「もう少し先だね。怨讐《おんしゅう》山脈のあたり」

俺の問いに答えるベル。

「行ってみる？」

「頼む」

しばらく空を進み、ベルは山間の道に降り立った。

確か、前の戦いでゼガート軍が勇者たちを迎撃した場所だ。

ほどなくして、前方から二つの人影が現れる。

「お前たちは……」

いずれも、女の勇者だった。

一人は、青い髪を黄色いリボンでツインテールにした快活そうな美少女。

もう一人は、金色の髪を結い上げた気品のある美女。

片方は知っている顔——勇者たちの中で最強と称される四天聖剣《セイクリッドエッジ》の一人、ルドミラ・ディィールだ。

「魔王よ！　気を付けて、フィオーレさん」

「この者が……!?」

金髪の美女が俺をにらんだ。

「エリオ、あなたの無念はわたくしが晴らします」

細剣を構える同時に、神気《オーラ》がさらに高まった。

『火』の四天聖剣《セイクリッドエッジ》——このフィオーレ・クゥエルが！」

なるほど、こいつも四天聖剣《セイクリッドエッジ》だったか。

「今度こそ、あたしはお前を倒す」

フィオーレの隣でルドミラが弓を構える。

「もう二度と負けない！」

「ええ、二人で、必ず」

うなずき合った二人から、黒い輝きが立ちのぼった。

「混沌形態《カオスフォーム》、起動。黒の法衣《カオスジャケット》、展開」

唱和した声とともに、彼女たちの持つ奇蹟兵装が漆黒に染まり、その姿を大きく変化させる。ルドミラの弓はX字型から星のような形に、フィオーレの細剣は身の丈を超えるほどの刀身に。

「これがゼガートから聞いていた黒い奇蹟兵装か……」

俺は仮面の下で眉を寄せる。人間だったころ、勇者として二十年ほど戦ってきたが――奇蹟兵装にこんな変形機能があるなんて見たことも聞いたこともない。

それに彼女たちがまとっている衣装が漆黒に変化したのも気にかかる。こちらは、ゼガートの報告にはないものだった。

俺が知らない、勇者としての力なのか――？

いくら俺のステータスが歴代魔王最強とはいえ、未知の戦法に対しては警戒する必要がある。十分に気を引き締めた方がよさそうだ。

「弐式・最大装弾精密連射《アクセルサウザンドアロー》！」

戦いの開幕を告げたのは、ルドミラが放つ光の矢だった。

以前に戦ったときは数百単位だったが、今回はおそらく数千。文字通りけた違いの光の矢が、輝く雨となって俺の周囲に降り注ぐ。

「『ホーミングメテオ』」

俺は巨大な火球を無数に生み出し、迎撃した。

周囲が爆炎と爆光に包まれる。

「弐式・桜花の炎《ファイアフラワーバスター》！」

それを切り裂くように、火炎の斬撃が迫った。

だが、連携でこちらの隙をついてくるのは予想済みだ。

『メテオブレード』！」

俺は周囲に炎の剣を次々に撃ち出し、火炎斬撃を相殺する。

周囲はまだ黒煙と爆炎に包まれていた。

奴らは、どこだ。どこから攻撃してくる——。

『ホーミングレイ』」

俺は警戒しつつ、次の魔法を放った。

姿が見えないなら、自動追尾型の魔法で仕留めるまでだ。

「きゃあっ!?」

響いた悲鳴は二つ。

前方と側面でそれぞれ爆発が起きた。

巻き起こった爆風が黒煙を吹き飛ばし、視界が広がっていく。

「——耐えたか」

ルドミラもフィオーレもダメージらしいダメージは負っていないようだ。

二人の周囲に、赤紫に輝く光の盾がいくつも浮かんでいる。

黒い法衣の能力だろうか、あれが『ホーミングレイ』を防いだんだろう。

「頑丈だな」

「攻撃も防御も、以前のあたしと同じだとは思わないことね！」

ルドミラが星型の弓を構える。その周囲で無数の竜巻が吹き荒れた。

「わたくしたちは強くなったのです。神の使いに鍛えられ、魔を討つために！」

長大な細剣を手に、フィオーレが凛と告げる。その刀身に紅蓮の炎が渦を巻いた。

ちりちりと肌が焼けるような感覚があった。

「これは――神気《オーラ》、か」

神や天使の力の発露ともいえる、聖なる力。

それを人間であるルドミラやフィオーレが、色濃く発している。

「これくらいで驚かれては困るわね、魔王」

「わたくしたちの真価はこれからです」

二人は背中合わせに寄り添い、叫んだ。

「これがあたしたちの切り札――神気烈破導《オーラバースト》よ！」

同時に、彼女たちの神気《オーラ》が爆発的に高まった。

「滅せよ、魔王！」

ルドミラから無数の竜巻が放たれ、フィオーレが火球を次々に撃ち出してくる。

大気が焼け焦げ、大地が割れた。空間そのものが悲鳴を上げる。さっきまでとは威力が違う――。

迫る風と炎を、俺はまっすぐに見つめた。

「『収斂型・虚空の斬撃《ヴァニティブレード》』」

一閃。勇者の攻撃のすべてを、切り裂く。

「そ、そんな……！」

二人の勇者が愕然とうめいた。

「お前があのときより強くなったように、俺の力も進化している——ということだ」

虚無の剣を手に、俺は静かに告げる。

「強すぎる——」

ルドミラががくりと膝を落とした。

「ここまでとは……」

フィオーレが蒼白な顔でうめく。

「お前たちに直接の恨みはない」

俺は二人の勇者を見据えた。

実際、彼女たちからは凛とした強い意志を感じる。

権威を笠に着たり、栄耀栄華を貪るような堕落した勇者じゃない。きっと、地上の愛と正義のために戦う模範的な勇者なんだろう。だが、それでも——、

「俺たちの世界を守るために——仲間たちを守るために、勇者には消えてもらう」

魔王の務めとして。

俺は傲然と宣言した。

「七大魔軍長の一人、極魔導《マスター》のジュダ――」

シオンは緊張感を高めた。

隣でリアヴェルトも臨戦態勢に入っている。

ルドミラたちと別れ、魔王城を目指す途中でたちはだかったのがジュダだった。

「総合ＬＶ６２０、ＭＰ９０００――魔力だけなら魔王クラスを上回っているナ」

測定器を見たリアヴェルトがつぶやく。

「魔王以上の魔力、か」

シオンはあらためて気持ちを引き締め直した。

魔軍長というよりは、魔王と戦うつもりでかかったほうが良さそうだ。

「ならば――シオン、君の能力が重要になル」

「ああ、相手が魔術師型《メイガスタイプ》の魔族なら、俺の『あの技』の出番だ」

彼が極めたザイラス流剣術の奥義ともいうべき、あの技の――。

「はあああああっ！」

シオンが黒い槍から赤い閃光を放つ。神気《オーラ》によるエネルギー波だ。

「『ルーンシールド』」

ジュダは前面に魔力障壁を展開し、それを防いだ。

バチッ、バチッ、という火花とともに大気がプラズマ化し、小爆発を起こす。黒い魔力のシールドに亀裂が入った。

「へえ、前に戦った勇者たちとは桁違《けたちが》いの威力だね。混沌形態《カオスフォーム》を完璧に使いこなしているみたいだ」

感心したようなジュダ。

「大したものだよ。太古の勇者に匹敵する——あるいは凌駕するかもしれない」

「随分と余裕だな、魔族」

「だが、その余裕はすなわち気の緩みダ」

背後からリアヴェルトがハンマーを振りかぶる。

「ここにも勇者がいることを忘れるナ！」

シオンの今の攻防で魔族の気を引き、『地』の術で移動したリアヴェルトが時間差攻撃を仕掛ける——。

最初から二人の狙いは、これだった。

「『メガウィンド』」

ジュダは振り返りもせず呪文を唱えた。

突風がリアヴェルトを吹き飛ばす。

「……ちぃッ」

舌打ちまじりに空中で器用に体勢を立て直し、着地するリアヴェルト。

「今のは、風の最上級魔法か。無詠唱で発動できるとは……！」

シオンがうめいた。

「強い――」

やはり、一筋縄ではいきそうにない。

「一つ質問したい」

ジュダがぴんと人差し指を立てた。

「君たちはその力をどうやって身に付けたのかな？」

「俺たちがそれを明かす理由があるのか」

「ないね」

爽やかに微笑むジュダ。

「ただの興味本位だよ」

あくまでも飄々とした態度だった。

戦場にはまるでそぐわない、柔和で穏やかな態度。

「ふざけた奴だ。俺は魔族とおしゃべりしに来たわけじゃない」

シオンが槍を構え直した。

「……いや、少し話に付き合ってもいいだろウ」

リアヴェルトがジュダの話に乗ってきた。

「お、おい、何を言っている」

「……私には私の考えがあル」

戸惑うシオンにリアヴェルトが言った。フルフェイスの兜に覆われた顔からは、その表情も考えもうかがい知れない。

「私たちは天使に鍛えられタ」

「天使……？」

眉を寄せるジュダ。

「太古の戦いで、神や天使といった存在は人間の世界にほとんど影響を及ぼせなくなった。奇蹟兵装のような神の武具を与えることはあっても、直接かかわることなんてできないはずだけど？」

「できるようになったのダ。ようやク――」

リアヴェルトが淡々と告げる。

いつも通りの無感情な声とは違い、わずかにその声音には熱がこもっていた。

喜びの、熱が。

「……なるほど、神の地上への影響力が増してきているのかな。興味深い」

ジュダがうなる。

「私も一つ質問したイ」

「ふふ、私だけが回答をもらうのも不公平だね。どうぞ、勇者くん」

「魔王城の地下には、今も『アレ』が安置されているのカ？」

と、リアヴェルト。

（何の話だ……？）

シオンは眉を寄せた。

魔王城の地下に何かがある、などとは初めて聞く情報だ。

「太古の昔に奪われ、封じられた力ダ」

「へえ、それを知っているとは。感づいているようだね。『アレ』の存在に」

ジュダは感心したようにつぶやき、リアヴェルトを見つめた。

「それを君に教えたのは誰かな？」

「決まってイル」

リアヴェルトが告げる。

「神ダ」

次の瞬間、爆撃が周囲を襲った。

振り返れば、剣や槍を構えた勇者たちがズラリと並んでいる。

「君たちは――」

シオンがハッと目を見開いた。

勇者の一隊がまだ生き残っていたようだ。

「私の手の者ダ」

リアヴェルトが言った。

「我ら、これより作戦の最終目標地――魔王城へと向かう。邪魔となる、あの魔族を排除せよ！」

勇者たちが叫ぶ。

「城へは行かせないよ」

ジュダが魔法弾を放ち、彼らを牽制した。

「違うネ。行くのは、この私ダ」

リアヴェルトが地を蹴った。

「砕けロ——弐式・陸覇超重撃《ロイヤル・アースブレイク》！」

巨大なハンマー型の奇蹟兵装『ウリエル』を振り下ろす。

「『ソリッドシールド』」

ジュダは魔力障壁を生み出し、これを受け止めた。

「私の一撃を止めタ……!?」

「対物理特化の障壁さ。ほとんどの奇蹟兵装は、太古の戦いでその特性を把握しているからね」

驚くリアヴェルトに微笑むジュダ。

「君の『ウリエル』は、物理攻撃力なら全奇蹟兵装の中で最強——だから、こっちも物理特化で対抗させてもらった」

「リアヴェルト様、我らも！」

と、勇者たちがいっせいに攻撃してきた。

その手にあるのは、いずれも黒い奇蹟兵装。さらに何人かは黒い衣装までまとっている。

「混沌形態《カオスフォーム》と、黒の法衣《カオスジャケット》——」

驚きに息をのむシオン。

シオンは自分たち四天聖剣《セイクリッドエッジ》以外にも、独自の修業で混沌形態《カオスフォーム》に目覚めた勇者が複数いる、とは報告で聞いていた。さすがに黒の法衣《カオスジャケット》まで使う者は少数、切り札といえる神気烈破導《オーラバースト》にまで目覚めた勇者はいないようだが……。

「くっ……！」

遠距離攻撃の連打を受け、ジュダは大きく後退した。

「隙あり、ダ！」

その瞬間、リアヴェルトが駆け出す。すさまじいスピードで疾走していく。

『地』の奇蹟兵装『ウリエル』の力を活かした高速移動。

「何——!?」

ジュダは意表を突かれたように、一瞬動きを止めた。

「逃がさない」

「いいや、逃がす」

追いかけようとするジュダを、シオンが制した。

リアヴェルトの目的は不明だ。魔王城に何があるのかは分からない。

だが、シオンは——これまで苦難を共にしてきた仲間を信じるだけだった。

「彼が魔王城に向かうというなら、必ず理由があるはず。だったら俺は……君を全力でサポートする！」

『ガブリエル』を構え直すシオン。漆黒の槍の穂先から青く輝く神気《オーラ》の光があふれる。

「俺に背を向けたら、その瞬間に『ガブリエル』でバッサリ――だ」

「……それは愉快ではないね」

ジュダがわずかに表情を引き締めた。

★

魔王城の謁見の間。

フリードやジュダが出撃し、ここにはステラ、オリヴィエ、ツクヨミ、ゼガート、フェリアの五名が待機していた。

「――来る」

ステラの額に第三の瞳が開く。

「どうかなさいましたか、お姉さま」

「何者かが魔王城に近づいている。この反応は――地下だ」

たずねるオリヴィエに答えるステラ。

「地下には魔王城防衛機構の中枢があるのであります。そこが狙いか、あるいは――」

ツクヨミが淡々とつぶやく。

「ともあれ、地下を守るべきでありましょう」

「では、私とツクヨミ、ゼガートで向かう。いいか？」

魔王フリードがこの場にいない以上、彼女が指揮を執るしかない。

「分かった」

「了解であります」

うなずく獣帝《ギガントロア》と錬金機将《アルケミスト》。

「残りは敵襲に備えて、ここで待機だ」

ステラが命じた。

「地下を狙っている奴が陽動の可能性もあるからな」

「お姉さま、お気をつけて」

オリヴィエがしがみついてきた。

狐耳と尻尾を不安げに揺らし、ぎゅうっと抱きついてくる。

「ゼガートやツクヨミもいる。問題ないさ」

ステラは微笑んだ。

そう、問題はないはずだ。


ステラはゼガート、ツクヨミとともに魔王城地下へ進んだ。

「――ここには何があるんだ、ツクヨミ？」

たずねるステラ。

「我ら魔軍長にすら知らされていない秘密——お前はそれを知っているんだろう？」

「第一級の極秘事項につき黙秘、であります」

ツクヨミの返答は淡々としていた。

「代々の錬金機将《アルケミスト》にのみ伝えられていた情報であります」

秘密主義にも困ったものだ、とステラは辟易《へきえき》する。ツクヨミは、魔王にすら城の地下に関する情報を伝えようとしないのだ。

「それはツクヨミの職分だ。儂らが気にすることではあるまい、ステラ」

ゼガートが鷹揚に笑う。

「だが、今は非常時だぞ。少しは情報がなくては、私たちも対応の仕方を……」

ステラが抗弁しかけた、そのとき。

ぼごぉっ！

内壁が突然、吹き飛んだ。

「さすがに地下は厳重に守られていル。ここまでしか潜れなかっタ」

土煙とともに現れたのは、全身鎧をまとった騎士だ。その手には漆黒に彩られた巨大なハンマーがあった。

「私は四天聖剣《セイクリッドエッジ》の一人、リアヴェルト。魔族を討つために来タ」

軋むような声で告げるリアヴェルト。

「最強の勇者の一人——それに、報告にあった黒い奇蹟兵装か」

ステラは表情を引き締めた。

通常の奇蹟兵装よりもはるかに強大な力を持つという黒き聖具を見据える。

「お前たちは下がっておれ。直接戦闘なら儂の領分だ」

ゼガートが一歩前に出た。

「気を付けろよ、ゼガート」

ステラがその背に声をかける。

ゼガートは魔界最強クラスの戦士だが、決して油断はならない。

「誰に言っている」

金色の獅子はどう猛に笑った。全身から発散する闘気が、周囲に熱波を振りまく。

「ただし、万一のときはサポートを頼む」

闘志をむき出しにしつつも、自身の敗北というシチュエーションを想定しておく冷静さは失っていないようだ。

「了解だ」

うなずくステラ。完全に信頼できる味方ではないが、それでも頼もしい戦力であることに変わりはなかった。

「では――参るぞ」

そう言って、ゼガートが床を蹴った。

巻き起こった突風は、彼らの放つ打撃が巻き起こしたもの。続いて響いた轟音は、彼らの雄叫びと互いの攻撃の衝突音だ。

巨大なハンマー型の奇蹟兵装がすさまじいスピードで打ちつけられ、ゼガートがそれを強引に力だけで弾き返す。

さらに二撃、三撃。

ぶつかり合うたびに大気が軋む。足元が地震のごとく震える。

小手先のテクニックも駆け引きもない。

互いにパワーを前面に押し出した真っ向勝負だ。

がつんっ、と鋼鉄同士がぶつかり合うような音とともに、両者はいったん離れた。

「前に戦った小僧とは違うな。歯ごたえがある敵は嬉しいぞ」

うなる獣帝《ギガントロア》。

「では、儂も全力を出させてもらうとしよう――」

ばごぉっ、と音を立てて、ゼガートの甲冑が弾け飛んだ。金色の体毛に覆われた胸元に赤い紋様が浮かび上がる。

魔紋。ゼガートが全開戦闘をする際に浮かび上がる紋章である。

「獅子の爪牙に引き裂かれるがいい！」

「獣ごときが正義の勇者に敵うと思うナ！」

大気を砕き、突風をまき散らしながら繰り出されるゼガートの爪、牙、尾。それを迎え撃つリアヴェルトのハンマーも、決して力負けしていない。

互いの攻撃が衝突するたびに、重々しい打突音が響き、衝撃波が四方に弾けた。

戦いは、互角。

「くっ、魔紋を使った儂と渡り合うか――」

「これほどとハ――」

うめく獣帝《ギガントロア》と四天聖剣《セイクリッドエッジ》。

「っ……!?」

ふいにリアヴェルトが大きく跳び下がった。

『あの力』の反応――やはり、ここにあったカ」

リアヴェルトがつぶやく。

「神託の通りダ」

「何？」

ゼガートが訝しむように動きを止める。

「まさか、お前も『あの力』を狙って――」

ハッとした顔でリアヴェルトを見据えた。

「私は勇者の中で唯一、神から直接命を受けていタ。『あの力』を回収するには、私の能力がもっとも適任だ、ト。魔族には渡さヌ」

（彼らは何の話をしている――）

ステラは不審な思いを抱きながら二人の会話を聞いていた。

状況から考えると、『あの力』というのは、おそらく魔王城の地下に隠されているものだろう。試しに第三の瞳で探ってみたが、それらしい何かは発見できない。

そもそも、魔王城地下に関しては今までにもあらゆる瞳術で探ってきた。だが、怪しいものは特になかったのだ。

（ゼガートだけでなく、勇者までが狙っている『力』とは……一体）

胸騒ぎがした。

「奇蹟兵装『ウリエル』――『地』の力を全開にせヨ！」

リアヴェルトが叫んだ。

手にしたハンマーが激しくうなる。床が、大きく波打った。

次の瞬間、リアヴェルトの体が床をすり抜けるようにして、地下に消えていく。

「な、何……!?」

一瞬の出来事に、ステラたち三人は立ち尽くした。


煌《こう》っ……！


床全体から金色の光があふれ出した。

「な、なんだ、この莫大な神気《オーラ》は――!?」

ステラは戦慄した。

「……ふん、誰が『あの力』を手にしようと、一時的なもの。最後には我が手に渡る」

ゼガートが小さくつぶやく。

「神の仰ったとおりだっタ。太古の戦いで奪われ、封じられた『力』は今、我が手に渡っタ――」

直後、床下からにじみ出るようにして、ふたたびリアヴェルトが現れた。

だが、その気配がまったく違う。

リアヴェルトがまとう神気《オーラ》は、異常なレベルで増大していた。

「お前……は……！」

かすれた声でうめくステラ。一瞬にして悟った。

もはや、目の前の敵は勇者ではない。

もはや、目の前の敵は人間ですらない。

もはや――天使クラスすら超えて。

「手に入れたのダ。私は。『神の力』を」

黒い衣装の背から虹色の翼を生やし、リアヴェルトが飛び上がる。

「さあ、邪悪な魔族ども――今より神の裁きを下してやろウ」

ステラはこみ上げる緊張を押し殺し、虹色の輝きに包まれた勇者を見つめていた。

相対しているだけで全身を押しつぶされそうなほどの、異常な威圧感だ。

「神の裁き？　ふん、自らが神になったつもりか？」

その威圧感の中で、なお平然としているゼガートはさすがの胆力だった。

「その通りダ」

リアヴェルトが静かにうなずく。

「今、私は、神の力を得たのダ。魔軍長だろうと魔王だろうと、もはや敵ではなイ。我が力の前に滅せヨ」

振りかぶったハンマーが虹色のきらめきをまとった。

「極式・聖天陸覇超重撃《エデンズ・アースブレイク》！」

「なんだと!?　このパワーは――！」

輝く一撃を受けたゼガートは、さすがに動揺した声を発した。獣ならではのバネを活かし、大きく跳び下がる。

それを追って、リアヴェルトがさらにもう一撃。

「ぐうう……うっ……！」

魔界最強レベルの猛者であるゼガートが、完全に力負けしていた。

すさまじいまでの膂力と圧力だ。

「邪悪な者ども、すべて破壊すル」

リアヴェルトがなおも踏みこんだ。

彼はハンマーを力任せに振り回しているだけだ。

ただ、それだけの単純な攻撃がおそるべき破壊力を生み、すべてを吹き飛ばす。

「ぐあっ……！」

ツクヨミが苦鳴を上げた。

鎧のように見える白銀の肉体が、虹色の衝撃波に触れた途端に表面からどんどん崩れていく。四肢が砕け、胴に大穴が開き、やがて粉々に砕け散った。

「ぬうっ……賢者の核石《エリクシルコア》、離脱《リジェクト》……」

そんな声を残し、ツクヨミは無数の残骸となってその場にまき散らされる。

「ツクヨミ！」

ステラが叫んだ。

並の魔族よりもはるかに強靭な肉体強度を誇るはずの、改造生命体《ホムンクルス》が——攻撃の余波を受けただけで破壊されるとは。

あまりにも得体の知れない力だった。あるいは、本当に神の力なのか——。

「ちいっ、退くぞゼガート！」

「ぬう。逃げるのは屈辱だが、今はやむなし……か」

ゼガートは悔しげにうなりつつも、ステラについてその場を離れた。


俺はルドミラ、フィオーレと対峙していた。

油断ならない相手ではあるが、俺の勝利は揺らがない――。

そのとき、背後から突然すさまじい輝きがあふれだした。

「この気配は――」

振り返ると、天空を貫くような長大な光の柱が立ちのぼっている。

「魔王城の方角か」

しかも、尋常ではない神気《オーラ》だった。ルドミラやフィオーレと比べてさえ圧倒的な――まるで、神そのものが降臨したような強烈な気配。

「――戻るぞ、ベル」

「ん、この二人はいいの？」

背後に控える冥帝竜《ベル》がルドミラとフィオーレを見て、たずねる。

彼女たちは弓と細剣を構え、油断なくこちらを見ていた。

戦況は俺に有利だが、彼女たちには黒い奇蹟兵装や法衣といった未知の力がある。殺し合いとなれば、簡単には倒せないだろう。

むしろ、うかつな攻撃を仕掛ければ、手痛い反撃を食らう恐れもある。

たとえ相手の力が自分より下でも、『未知の力』には警戒する必要がある。戦いが長期戦になる恐れは十分にあるのだから。

「……あっちが先決だ」

魔王城に残していったステラたちや、王都の住民が気になる。

ルドミラたちを放置しておくのも危険ではあるが――。

「まず王都に戻る」

俺はそう決断を下した。


魔王城の正門前。

ぼごぉっ、と土塊が噴き上がり、何かが地中から現れる。

虹色のオーラをまとった騎士――謎の力を得た勇者リアヴェルトだ。

「なんという、すさまじい神気《オーラ》だ……！」

ステラは、あらためて全身鎧の騎士を見据える。

ツクヨミは破壊され、傷を負ったゼガートは地上へ戻る途中にはぐれてしまった。

まさか逃げたわけではないにせよ、回復するまでどこかで休息を取るつもりかもしれない。残されたステラは地上まで戻り、他の魔軍長――フェリアやオリヴィエとともに外へ脱出した。

そして――それを追うようにして、リアヴェルトがこうして現れたわけだった。

「人間では、ない……のか？」

第三の瞳で探ってみると、気配がおかしい。

少し前までのリアヴェルトとは、まるで別人だった。

変質してしまっているのだ。人の体から、天使や神のような聖なる肉体へと――。

「さながら、神の代行者だな……」

ステラはリアヴェルトを前に戦慄した。

「さあ、吹き飛ぶがいイ」

全身鎧の勇者が、ハンマー型の奇蹟兵装『ウリエル』を振り回す。

虹色の衝撃波が巻き起こった。

「ぐあっ……！」

「ひ、ひいっ！」

数百の魔族兵が苦鳴や悲鳴とともに、一瞬で消し飛ばされた。

「ここにジュダがいれば――」

ステラは唇を噛んだ。

彼は今、他の勇者を迎撃に出ている。

あらためて、フリードが強力な魔族を集めて最強軍団を作ろうとしていた意図を思い知らされた。

いくら魔界に数名の強者がいても、こうして分散して攻めてこられては、凌ぎきれない。

勇者軍や天軍は、まだどれくらいの戦力を――切り札を隠し持っているかも分からないのだ。魔界には、絶対的に手駒が足りない。

「――いや、戦力が足りないことを嘆いても始まらないな。私たちは今できることを遣らなければ」

リーガルが敗れ、ツクヨミが倒され、ゼガートが去り、ジュダは他の戦線に出張っている。そして魔王フリードもまた、別の敵と戦闘中だ。

この場で、全軍を立て直せるのは自分だけだった。

「オリヴィエ、一つ頼めるか」

「はいっ、お姉さま！」

狐娘が側に寄ってきた。

「負傷した兵たちの手当てを頼む。お前の配下も総動員だ」

「承知しましたっ」

「あ、ちょっと待て」

「はい？」

「ちょっと失礼するぞ」

言うなり、ステラはオリヴィエをギュッと抱きしめた。

「んっ……!? お、お姉さまぁ……はふぅん……ほへぇ……ぇぇ……」

彼女の体から力が抜け、蕩けるような吐息がステラの耳元をくすぐった。

すっかり陶酔したのか、オリヴィエは狐耳や尻尾まで真っ赤になっている。

「どうだ？ 少しは力が湧いたか？」

「お、お、おおおおおおおお姉さまから私を抱きしめてくださるなんてぇぇぇぇぇぇぇぇっ！

オリヴィエ、感激ですぅぅぅぅぅぅぅぅぅぅぅぅぅぅぅぅっ！」

彼女の全身からすさまじい魔力が立ちのぼった。

「百合萌えパワーで、私の魔力はこの通りです！　お姉さまっ！」

（……今は、一人でも多くの魔族の力が必要だからな）

ステラは内心で苦笑した。

オリヴィエの性癖を利用したようで気が引けないわけではないが――。

まあ、彼女は非常に喜んでいるようなので、よしとしよう。


俺は冥帝竜《ベル》に乗って、魔王城まで到着した。

どうやら、正門前が戦場になっているようだ。

敵は――たった一人。

虹色の神気《オーラ》をまとった、全身鎧の騎士だった。

「あいつは――」

間近で見ると、その神気《オーラ》のすさまじさが分かる。

おそらく神気《オーラ》の量だけなら、以前に相対した天軍最強兵器『光の王』と同レベル。

「いや――それ以上かもしれないな……」

対する魔族軍はそれを遠巻きに包囲していた。

ある程度の間合いを取り、魔法や弓などの遠距離攻撃主体で戦っている。接近戦なら瞬殺される、と指揮官が判断したのだろう。その指揮を執っているのは、ステラのようだ。彼女の側にはフェリアやオリヴィエの姿が見える。

俺はベルから降り、飛翔魔法をコントロールして彼女の側に着地した。

「魔王様……！」

ステラが俺を見て、ホッとしたような顔になった。

「よく戻って来てくださいました」

「お前こそ、よく軍を指揮してくれた。礼を言う」

「そんな……私は、何もできませんでしたから」

「何を言っている。強敵を相手にしても、軍の士気は高い。お前がみんなを鼓舞して、持ちこたえさせた証拠だろう。胸を張れ、ステラ」

と、ステラの肩に手を置いた。

「また、お前に助けられたな」

「魔王様……」

ステラの頬が赤く上気した。

「ここからは、俺がお前たちの力になる。ステラは引き続き軍の指揮を頼む。フェリアとオリヴィエはステラと軍のフォロー及び各自の判断で戦闘のサポートを」

「はっ」

三人の魔軍長の声が唱和する。

「ゼガートとツクヨミはどうした？」

「ツクヨミは破壊され、ゼガートは行方が知れません」

「……！」

ステラの報告は少なからずショックだったが、今はぐっと言葉を飲みこむ。

「……分かった。じゃあ、魔軍長三人で軍を頼む。俺は──」

ステラたちに背を向け、リアヴェルトと向き合った。

「奴を押さえる」

「邪悪を統べる者……魔王カ」

全身鎧の騎士が振り返った。体中を覆う虹色のオーラが炎のように燃え上がる。

「私が貴様を討ち、世界に平和をもたらしてみせヨウ」

「……四天聖剣《セイクリッドエッジ》の一人、リアヴェルトか」

俺が人間だったころ、唯一会ったことのある四天聖剣《セイクリッドエッジ》が目の前の男だった。

超人的な突進力と頑強さに特化した戦士。常に全身鎧に身を包み、素顔すら明かさないその素性は謎に包まれていた。

まあ、こいつの素性がなんであれ、倒すだけだ。

魔族《なかま》を守るために。

「吹き飛べ──」

俺の手から火球や雷撃、風刃に水流など、いくつもの攻撃魔法が乱れ飛ぶ。

魔王の魔力をもってすれば、最下級呪文ですら山をも消し飛ばす威力と化す。ここは呪文のグレードよりも手数重視だ。

相手も並ではないが、これだけの数を簡単には凌げないだろう。

逆に凌げるのであれば、それはそれで奴の戦闘能力を把握できる。

「温《ぬる》いナ」

リアヴェルトは平然と突進していた。

奴は迎撃も防御もしていない。俺の攻撃呪文は、リアヴェルトに触れるか触れないかのところで、ことごとく消し飛んでいく。

「なんだ、これは――」

一瞬のうちに、リアヴェルトは俺の間合いに迫っていた。さすがの突進力だ。

「『ルシファーズシールド』」

すかさず俺は防御障壁を生み出す。

「ふんッ！」

かまわず振り下ろしたリアヴェルトのハンマーが、俺の障壁を砕いた。

「くっ⁉」

俺はバックステップしつつ、呪文を乱れ打ちして牽制する。

「む……」

爆圧に足止めされ、リアヴェルトは俺に追撃できない。

その間に、俺はふたたび距離を離した。

とりあえずは凌いだ——が、

「こいつ、攻撃力も防御力も異常に高い……！」

明らかに人間のレベルを超えている。

いや、超えすぎている。

「私の力は魔王を討つために神が与えてくださったものダ！　太古より眠りし神の力デ——今こそ貴様を殺してみせル！」

虹色のオーラを噴出力に変え、爆発的なスピードで突進する勇者騎士。

振り下ろされたハンマーは大気を砕き、衝撃波をまき散らし、俺に迫る。

「『収斂型・虚空の斬撃《ヴァニティブレード》』！」

俺はありったけの魔力を収束させた剣を生み出し、それを受けた。

威力は、互角。

奴の奇蹟兵装がまとう虹色と、俺の剣が放つ虚無が衝突し、強烈に反発する。

奴の攻撃は俺まで届かないが、代わりに必殺の魔力剣も奴の奇蹟兵装を切り裂けない。

俺は大きく弾かれ、跳び下がった。

「砕け散レ、魔王ッ！」

対するリアヴェルトは下がらず、さらに突進してくる。

「くっ……！」

一撃一撃を虚無の剣で受け、あるいは魔法で牽制して距離を離す。

俺の魔法は奴にいっさい届いていなかった。

やはり、生半可な攻撃では通らないようだ。

「ならば――『フェザーエア』！」

俺は飛翔呪文を唱え、空中に跳びあがった。

「逃がさヌ！」

リアヴェルトが追って跳ぶ。

背から生えた虹色の翼をはためかせ、俺以上のスピードで空を翔ける。

みるみるうちに、俺は奴に追いつかれ――

「もはや逃げ場はないナ、魔王！」

「逃げる？　違うな」

俺は仮面の下で笑った。

「追いつかせたんだ」

そう、これが狙いだ。

空中におびき寄せれば、地上の被害を気にせず、最大級の魔法を撃てる――。

「爆ぜて、消えろ――勇者！」

俺はリアヴェルトに向かって右手をつき出した。

「『破天の雷鳴《メガサンダー》』！」

ほとばしった黄金の稲妻は十数条に分かれ、空中のリアヴェルトを絡め取る。
閃光が弾け、闇に覆われた魔界を真昼のごとく照らし出す。
そして――
「無駄ダ。神の力は、絶対不可侵」
すべての稲妻が、奴に触れる寸前で弾け散る！
こいつ、最上級魔法すら弾くのか⁉
――いや、違う。
俺は直前の光景を思い返す。
十数条の稲妻はリアヴェルトに触れる前に消滅したのだ。
「まさか――」
俺の魔法そのものが、まったく届いていないのか。
防御とは違う。もっと別の何かだ。

（フリード様、どうか負けないで……）
ステラは祈るような気持ちで、魔王の戦いを見守っていた。
黒いローブをまとった仮面の魔王と、虹色の神気《オーラ》に覆われた全身鎧の騎士。

互いの放つすさまじいまでの威圧感が衝突し、物理的な風圧さえ生んで、周囲に吹き荒れる。魔王の放つ黒い魔力弾と、勇者の繰り出す虹色の連撃がぶつかり合う。攻撃の余波だけで大気が激しく震える。

押しているのは、リアヴェルトだ。

フリードの攻撃はまったくダメージを与えられない。いや、そもそも魔法自体がリアヴェルトに当たる直前で消滅し、その威力が届いていないのだ。

「なんだ、あれは……？」

ステラは驚きに目を見開いた。

「防御ではない。無効化……!?」

魔に起因する力を、完全に無効にする。

まさに、神そのものの領域。

あれでは、いかに歴代最強の力を持つ魔王フリードといえど、どうしようもない。

たとえ究極の攻撃力でも——相手に届かなければ、どうにもならない。

「神気烈破導聖弾《オーラバーストバレット》！」

リアヴェルトの全身を覆う虹の輝きが、爆発的に膨れ上がった。その輝きが無数の矢となり、降り注ぐ。

「『ルシファーズシールド』！」

展開された漆黒の魔力障壁はやすやすと砕かれ、

「ぐっ……うぅっ……！」

魔王の体を光の矢群が貫いた。

穴の開いたローブから、鮮血が噴き出す。

「フリード様！」

ここまで押しこまれる魔王の姿を見るのは、初めてだった。あの『光の王』との戦いでさえ、圧倒してみせたフリードが。

「たった一人の勇者を相手に、ここまで――」

ステラは唇をかんでうめく。

「あの方の、力になりたい……こんなところで見ているだけではなく」

こみ上げる衝動で胸が張り裂けそうだ。

額が、熱くなる。

体中の血液が煮えたぎる。

「あたしは……フリード様のために、戦いたい……！」

そのための、力が欲しい。

――願った。

痛切に。ひたむきに。

――祈った。

守りたいと。力になりたいと。

そして――想った。

愛おしいと。

「だから、お願い――力を！」

ステラの中の、何かが解放されるような感覚があった。

遠い昔、子どものころに母から禁じられた力。母からの愛を失い、忌み嫌われ、遠ざけられ、封じられた、その力が。

「この一度だけでいい！　目覚めて、あたしの力――」

額に開いた第三の瞳が、燃え上がるように熱くなった。

★

単純な攻撃能力や防御能力なら、俺のほうがはるかに上回っている。

だが、リアヴェルトの強さはそれとはまったく異質のものだった。

一言でいうなら『拒絶力』。

俺のあらゆる攻撃が奴には届かない。

防御でもない。回避でもない。

物理でもない。魔法でもない。

あの虹色の神気《オーラ》――不可思議なフィールドが、俺の魔法攻撃をすべて無効化してしまうのだ。

あるいはこれが、『神の力』なのか。

今のままでは、どうあがいてもリアヴェルトに決定打を与えられない。いや、傷一つすらつけられない。

奴の『拒絶』を突破する策が必要だ。

「フリード様！」

ステラの声に振り返った。

銀色の長い髪を風になびかせ、黒い衣装の美少女が歩み寄る。

なんだ、これは――!?

全身に戦慄が走った。

神に相対したときとも、魔と対峙したときとも、違う感覚だった。

体の内部から無限に湧き上がる悪寒。ステラを見ていると、そんな感覚が吹き上がる。

「……大丈夫です、フリード様」

彼女が優しい笑みを浮かべた。

その額に開いた瞳は、真紅に輝く鳥のような紋様が浮かんでいる。

いつもの『第三の瞳』とは違う!?

「魔王様、奴の神気《オーラ》には『波』があります」

「波？」

「膨大なエネルギーが一瞬途切れ、またあふれ出す――という周期を繰り返しています。おそらく、常時あれだけの量の神気《オーラ》を維持することはできないのでしょう」

「なるほど、ときどき『休息』しなければならないわけか」

「おそらくは」

俺の言葉にうなずくステラ。

「休息の周期は不規則ですが、休息時間は常に2．079012秒です」

「約二秒か……」

俺は仮面の下で唇をかんだ。

タイミングが一定ならば狙いやすいが、いつ来るか分からない二秒にこっちも必殺の威力を込めた魔法を撃つとなると、容易じゃない。

「タイミングは、私が見切ります」

ステラが俺をまっすぐに見つめた。

「あなたを死なせません。絶対に」

しなやかな手が俺の仮面を外す。

そのまま伸びをしたステラが、俺の唇に自分の唇を重ねる。

「愛おしい、あなたを――」

「ステラ……!?」

俺は呆然と彼女を見つめる。

上気した顔で、彼女もまた俺を見つめている。

俺たちの視線が絡み合い、そして――、

「何をしてこようと、邪悪なるものが私に勝つことはできナイ！」

リアヴェルトの体を覆う虹のオーラがさらに燃え上がった。

俺は意識を敵に戻した。

「私が得たのは、かつての戦いで神が魔に奪われた力ダ。それを取り戻した今、神の力はあまねく世界を照らし出ス。天も、魔界も、人の世界も――すべてヲ！　そして滅ぼすのダ、すべてヲ！　すべてヲ！　すべてヲ！」

虹のオーラが魔界の空を焼き尽くしそうなほどに広がり、暗黒の世界をまばゆい輝きに染める。

まさに、神の威光か。

だが、それは俺にとって闇だった。

俺の仲間たちを――魔族たちを滅ぼす闇。

ならば、そんなものは消し去ってやる……！

「俺たちで奴を倒す。力を貸してくれ、ステラ」

彼女から仮面を受け取り、装着し直した。

「あなたの、心のままに」

ステラが微笑む。

額の第三の瞳に浮かぶ鳥の紋様が、大きく羽ばたくように形を変えた。

「見える――すべてが」

俺の側で、ステラが厳かにつぶやいた。

「なんだ、この感覚ハ――!?」

リアヴェルトが戸惑いの声をもらす。

「私の内部を覗かれていル……!?　見られていル……!?　おのれ魔族が薄汚い真似をしおっテ……!」

「フリード様!」

「分かった!」

彼女の声を合図に、俺は魔力弾を放つ。

「がはッ……!?」

それはリアヴェルトの神気《オーラ》による『拒絶』を突き抜け、奴にダメージを与えた。

初めての、ダメージを。

「汚らしい魔族ごときが、神の力を得た私ヲ――」

忌々しげにうめきながら、後ずさるリアヴェルト。

「神だろうと勇者だろうと、魔王様の行く手は阻ませない。この方に仇為すものは、すべて排除する!」

ステラが凛と叫んだ。

その額に、鳥の紋様を宿した真紅の瞳が開く。

「フリード様、次の『休息』のタイミングを私が見切ります。狙ってください!」

「分かった、ステラ――」

俺はありったけの魔力を集中する。

「神気《オーラ》が弱まる周期を計るつもりカ？　だが無駄なことダ。魔の力では神の力に届かない。しかも、そのタイミングは、私の意思でいくらでもズラすことができル」

「無駄なのは、お前のほうだ。たとえ神の力であろうと、魔を拒絶する効果であろうと、読み切ってみせる」

ステラが、告げる。

「未来も、因果も、運命さえも、すべてを視る――それが私の『黙示録の眼《アポカリプスノート》』！」

第三の瞳から真紅の輝きがあふれた。

輝きは無数の光の糸となり、まるで蜘蛛の巣のように張り巡らされていく。

「戯言ヲ……何を仕掛けてこようが、無駄だと言っていル――！」

リアヴェルトがハンマーを掲げて突進した。

全身にまとう虹色のオーラを噴出力にして、さらに加速。

今まで以上に速い――！

俺は虚無の剣を構え、それを迎え撃つ。

「あと三秒――私の合図と同時に攻撃してください」

頭の中にステラの声が響いた。

まだ彼女の髪を指に巻いたままだったから、念話で伝えてくれたようだ。

リアヴェルトが迫る。

「あと二秒――」

ステラの声が、ふたたび響く。

「あと一秒――」

俺は彼女の眼にすべてをゆだね、構える。

「フリード様！」

「はあああああああっ！」

気合いとともに、俺は剣を突き出した。

「無駄だ、我が神気《オーラ》はあらゆる魔の攻撃を遮断する――」

勝ち誇るリアヴェルトの全身を包むオーラが、一瞬揺らめいた。

同時に、虚無の剣先がそのオーラを吹き散らし、奴の脇腹に突き刺さる。

「がっ⁉」

苦鳴とともに跳び下がるリアヴェルト。

「なぜ、周期をここまで正確に見切れるのダ……⁉」

さっきよりも深く、攻撃が通った。

ステラが、奴の神気《オーラ》が弱まる瞬間を見極めてくれる。

なら俺はそれを信じ、渾身の一撃を打ちこむだけだ。

「次で終わりだ」

俺は漆黒の魔力剣を掲げた。

「私は退かヌ……神の力を信じ、ただ前進あるのミ」

それがリアヴェルトの、勇者としての矜持か。

奴が神を信じるなら、俺は魔《なかま》を信じる。

ステラを、信じる。

そして、奴を――奴の矜持ごと打ち砕く。

「参ル」

「来い」

短い言葉を交わし、俺たちは同時に動いた。

「フリード様、次のリアヴェルトの動きは――」

ふたたびステラが念話で俺に語りかけてくる。

――右、左、右と三度のフェイントを交えての突進。そこから踏みこんでの、渾身の打ちおろし。

だが、それもまたフェイント。いったんバックステップし、衝撃波を飛ばす。それを追走するようにして、ふたたび突進。

フェイントを四つ。側面に回りこみ、本命の一撃を放つ。

その瞬間、わずかに神気《オーラ》が緩む――。

「以上が、これから発生するリアヴェルトの攻撃パターンのすべてです」

「感謝するぞ、ステラ」

俺は彼女にうなずいた。

直後、虹の輝きをまとった勇者が突っこんできた。

さっきよりもさらに、はるかに速く。

一切の迷いなく、どこまでも速く――。

「砕け散レ！　そして、消えるがいイ、魔王ッ！」

複雑なフェイントを交えて接近したリアヴェルトが、俺の側面から虹色に輝くハンマーを振り下ろす。

すべては、ステラの読み通り。

未来すら見通す、彼女の想定通り。

だから俺は、

「悪いな、リアヴェルト――消えるのはお前だ」

そのハンマーよりも一瞬早く、最後の一撃を繰り出す。

「『収斂型・虚空の斬撃《ヴァニティブレード》』！」

虚無の刃が神の気の間隙を縫い――リアヴェルトを両断した。

第九章

魔軍長たちの岐路

『収斂型・虚空の斬撃《ヴァニティブレード》』！」

俺の一撃がリアヴェルトの体を両断した。

神の力を操り、俺の攻撃すら『拒絶』する強敵との戦いもついに終わりを告げる――。

「まだ……ダ……」

リアヴェルトがうめいた。

「こいつ……！」

神の力なのか、体を半分に分かたれながら、まだかすかに息がある……!?

「届ケ……神のもとへ……」

両腕を高々と掲げるリアヴェルト。

その全身から虹色の輝きが抜け出し、小さな光球となって舞い上がる。

同時に、リアヴェルトの体が粉雪のような光の粒子となって消滅した。奴の手から離れた光球は、あっという間に魔界の空の彼方へ消える。

まさに一瞬の出来事だ。

「フリード様」

かたわらで、ステラが俺を見上げる。

「神の力……持ち去られたんだろうか」

俺は苦い気持ちでつぶやいた。

リアヴェルトを倒し、とりあえずの危機は去った。

だが、完全勝利とは言い難い結末だった——。


四天聖剣《セイクリッドエッジ》の一人、シオンは魔軍長ジュダと対峙していた。

魔王クラスか、それ以上の魔力を持つ、おそるべき魔術師型《メイガスタイプ》の魔族。

戦いは押され気味だったが、シオンには切り札があった。

いかなる魔力をも切り裂く、ザイラス流剣術の奥義が。

「何か狙っているみたいだね」

ジュダが微笑む。

「ああ、俺の最大奥義を見せてやろう」

槍型の奇蹟兵装『ガブリエル』を振りかぶるシオン。

「絶技——」

切り札を出そうとしたところで、動きを止めた。

視界の端に、きらめく虹色の光が見えたのだ。

「あれは……!?」

空に舞い上がる小さな光球。

――戻れ、人の子らよ――


シオンの頭の中に言葉が響く。

荘厳な、神々しさを感じさせる声だった。

「汝らをここで失うわけにはいかぬ」

「この声は、まさか――」

シオンは戦慄する。

「ルドミラ、フィオーレとともに急ぎ、地上へ戻れ」

声が、続ける。

強烈な畏怖がこみ上げた。

神々しさを感じるのは当然だ。

この声は、まさしく神そのもの――。


直後、シオンはジュダの元からなんとか逃れると、ルドミラやフィオーレ、他の勇者たちと合流した。

そして現在、彼らは暗闇を進んでいる。

魔界と人間界をつなぐ亜空間通路である。神の声を聞いた勇者たちは、魔界の外れまで進み、元来た道を戻っているのだった。

それは人間界への撤退を意味している。

つまりは、敗走だ。

「こんな結果になるとは……」

シオンは唇をかみしめる。

総勢四百を超える勇者軍のうち、大半は魔王軍に殺されてしまった。生き残ったのは、わずかに二十名ほど。惨敗だった。

「結局、逃げ帰ることになるなんて……」

ルドミラが唇をかんでいる。

「リアヴェルトさんは討たれたようですわね」

フィオーレがうなだれている。

話によれば、彼女の最愛の弟エリオも魔族に殺されていたらしい。

今回の第二次勇者侵攻戦は、完全敗北だった。

前回の侵攻戦では魔軍長三人を倒し、先代の魔王まで討ったというのに――。

「俺たち四天聖剣《セイクリッドエッジ》がそろっていながら……無念だ」

シオンは悔しさで唇をかみしめた。

今回の戦いで魔王を討ち、魔族の脅威から世界を救う。そんな心意気でやって来たはずだった。天使から修行を受け、はるかに力を増したことで、勝利を疑わなかった。

だが、その力は――あえなく打ちのめされた。

多くの犠牲を出してしまった。特段の成果を上げられなかった。

「だけど、これで終わりじゃない」

シオンの意志は、それでも折れない。

いや、折れるわけにはいかない。

散っていった勇者たちのために。地上の愛と正義を守るために。

そして、彼自身の誇りのためにも。

「二人とも、顔を上げよう」

「シオン……」

「シオンさん……」

「次は、負けない。絶対に」

シオンが力強く告げた。

「絶対に……！」

あの『声』の導きに従い、次こそは必ず――。


魔界第二の都市、獄炎《ごくえん》都市ジレッガ。

「リーガルは見つかったか、ステラ？」

「はい、アンデッド固有の魔力波形を感知しました。この先です」

俺はステラ、オリヴィエとともに、このジレッガに来ていた。

獄炎都市という名の通り、町の四方から黒い火柱が立ち上っている。ジッとしているだけで汗ばむどころか、下手をすると熱病になりかねない。

その熱気を軽減するため、俺は軽い冷却魔法を周囲に展開していた。

三人で涼を取りながら進んでいく。やがて、

「いました」

前方には無数の骨の欠片が散らばっていた。

ひときわ大きな欠片は、半分に絶たれた頭蓋骨……リーガルの頭の一部だ。

「無事か、リーガル」

俺は頭蓋骨の元へ駆け寄った。

「無様な姿をさらしております、王よ」

淡々とした口調ながら、リーガルの声には悔しさがにじんでいた。

先の戦いで四天聖剣《セイクリッドエッジ》に敗れ、バラバラにされたようだ。それでも特に命に別状はなさそうなのは、さすが不死王《ロードアンデッド》といったところか。

「待ってろ、今オリヴィエに治癒してもらう」

「生き恥をさらすとは……無念です」

「恥だと思うなら、次の戦いでそれを雪《そそ》げ。いいな」

「……承知、しました」

言いつつも、リーガルはまだ悔しげだ。今回の敗戦で、武人としての誇りをいたく傷つけられたのだろう。

「じゃあ、私が治癒しちゃいますね」

オリヴィエが進み出た。腰から九本の尾が長く伸びる。

「お姉さま……萌え……萌え萌え……」

と、ステラをチラチラ見ながら、何やらつぶやくオリヴィエ。

ボウッ！

次の瞬間、彼女の全身から炎が弾けた。体中に無数の鬼火をまとい、普段ののんびりしたキャラからは想像もつかないほどの莫大な魔力を放出する。

『『治癒の火の輪』――』

静かに唱えたオリヴィエの前方に、言葉通りの青白い炎の輪が出現した。その輪が広がり、リーガルの頭部や散らばっている骨の欠片を包む。

次の瞬間、炎の輪が爆ぜた。バラバラだった体が完全に再生されて元通りになる。

「これは――」

リーガルは驚いた様子だった。

「ふうっ、疲れた～」

オリヴィエが大きく息をつく。

「『九尾の狐』の眷属に伝わる最大治癒奥義の一つ――『治癒の火の輪』。物理的な損傷はすべて修復完了です」

ぴょこん、とかわいらしく狐耳を動かすオリヴィエ。

「一瞬で全快させるとはな……」

「すごい……！」

俺とステラは感嘆しきりだ。

「いくつかの発動条件があるので、普段はもう少し効果の低い術を使うんですが……リーガルさんは魔界の防衛に欠かせない方ですし、がんばっちゃいました～。主にお姉さまへの萌えを燃え立たせながら！　萌えの力は偉大！」

「お前の力は認めるが……その、できれば、私に向かって萌え萌え言うのは控えてもらえるとありがたいな……」

さすがのステラも表情を引きつらせている。

「うふふ、実は照れてるんですね、お姉さま」

にっこり笑って意に介さないオリヴィエ。

「ともあれ――よくやったぞ。オリヴィエ」

俺は彼女をねぎらった。

「……礼を言う」

深々と頭を下げるリーガル。

次は、行方不明になっているゼガートを探すとするか。

そのゼガートとは拍子抜けするほどあっさり再会できた。いったん魔王城に戻ったところで対面したのだ。

「ただ今戻りましたぞ、王よ」

悪びれもせず、傲然と言い放つ獅子の獣人魔族。

「……今までどこにいた？」

「面目ないことですが、あのリアヴェルトとかいう勇者との戦いで、城の地下深くに落とされてしまいましてな」

頭をかきながらゼガートが言った。

「普段ならすぐに抜け出せるのですが、儂も傷を負っていて脱出に手間取った次第です」

腕や胸元に包帯を巻いているのは、そのときの負傷か。あるいは、戦線を離れていたのは別の思惑があってのことで、包帯はただのカモフラージュなのか。

どちらとも判断がつかなかった。

確証がない以上、この場はゼガートの言葉を信じるしかない。

「分かった。まずは傷を癒してくれ。お前は魔界防衛のための大切な戦力だ」

「過分なお言葉痛み入ります、王よ」

俺のねぎらいに、獣帝《ギガントロア》はニヤリと笑う。

「自分も、ただ今戻ったのであります」

がしゃ、がしゃ、と金属同士を打ち合わせるような音とともに、小柄なシルエットが現れた。身長一メートルにも満たない、銀色の騎士のような人形。

ん？　もしかして、こいつは――。

「自分はツクヨミであります。リアヴェルトとの戦いでメインボディを破壊されたため、予備ボディにて戻ってきたのであります」

「予備ボディ？」

「改造生命体《ホムンクルス》である自分は、核さえ無事なら活動できるのであります。リアヴェルトにメインボディを破壊された際、核だけを脱出させていたのであります。そして予備ボディに核を移し替えて、馳せ参じた次第であります」

「……なるほど。お前も無事だったこと、嬉しく思うぞ」

「もったいないお言葉であります」

軽く頭を下げるツクヨミ。

「まったく……ひどい目に遭ったのであります。他の魔軍長連中がふがいないばかりに、自分までとばっちりを……ぶつぶつ」

……聞こえてるんだが。

まあ、この愚痴っぽいところは、間違いなくツクヨミという感じがする。

とりあえず、二人の魔軍長が無事だったことにホッとした。

「あとはジュダか……」

あいつのことだから簡単にはやられないだろう。

「私ならここにいるよ」

いきなり声が響き、驚いて周囲を見回す。

どこにもジュダの姿はない。

「あははは、ここさ」

悪戯っぽい声がしたのは前後左右でも、上でもなく――足元だ。

「お前――」

「魔軍長ジュダ、帰還したよ」

俺の足元に伸びる影から、すらりとした銀髪の美少年が現れた。

影の中を移動する魔法――だろうか？

まったく気配を感じさせずに、俺の間合いに侵入するとは。まだまだジュダにはいろいろと隠し玉的な術がありそうだ。

ともあれ、こうして七大魔軍長は全員の無事が確認されたのだった。


数時間後、俺は執務室で戦後処理の仕事をしていた。

普段にも増して、書類だらけである。いつも通りステラにも手伝ってもらっている。本当にありがたいことだ。

「あの、よろしいでしょうか……フリード様」

ステラが書類チェックの手を止め、俺を見た。

「ん、なんだ？」

彼女の顔が妙に赤らんでいる。揺れる瞳に、俺の顔が映っていた。

二人っきりなので、俺は魔王の仮面を外している。人間だったころとまったく同じ、中年男の素顔をさらした状態だ。

「その……リアヴェルトとの戦いのことで、フリード様に謝罪を」

「謝罪？」

「えっ？」

「……ん、した……ので……」

「せ、せせせせせせせ接吻を、その、いきなり、してしまったので、その、あのっ……こ、告白まで、えっと……その……」

ステラが震える声で言った。

ああ、そのことだったのか。確かに、いきなりキスされて驚いたが。

「あ、あのときは夢中で……っ。そ、その、誠にご無礼をいたしました……っ！　どのような罰でも
……お与えください」

「い、いや、いいんだ」

さすがに俺も照れる。

あれは、どういう意図だったんだろう。

愛しい、という言葉を軽々しく使うような女じゃないことは、さすがに分かる。単に戦いで気持ちが高ぶったから、とかそんな理由ではないのだろう。

俺は、ステラの想いにどう応えるべきだろうか。

そもそも――。

俺は、ステラのことをどう思っているんだろうか。


ステラは、俺が魔王として生まれ変わってから初めて出会った魔族だ。

いつも側で支えてくれた。

いつも懸命に支えてくれた。

感謝してもしきれない。元は人間の勇者だった俺が、今もこうして『魔王フリード』としてやっていけるのは、彼女あってのことだ。

だから俺は、ステラに対して戦友とか相棒という気持ちが強い。

もちろん、たぐいまれな美少女であることは認識しているし、女性として魅力的だとも思う。

ただ、あらためてその気持ちが恋愛感情なのかと考えると――分からなくなってくる。

俺は、ステラをどう思っているんだろうか。

胸が甘酸っぱくうずくような、心臓の鼓動が高鳴り、ときめくような感覚は確かにある。それが明確な恋愛感情なのかどうか……。

考えるほどに、分からなくなる。四十を超えた男がまるで少年のように戸惑ってしまうことに、我ながら新鮮な驚きを覚えた。

「私は、臣下にあるまじき想いを抱いてしまいました。どうか、罰をお与えください」

ステラが重ねて処罰を懇願する。

「なぜ罰を与える必要がある？」

俺はステラに微笑んだ。

「お前の気持ちを嬉しく思う」

「……お優しいのですね。私を気遣って」

「気遣いじゃない。今のは本音だ」

言いつつも、無難な回答で逃げているのかもしれない、と心の片隅では思う。

俺の回答はずるいだろうか？　先延ばしにしているだけなんだろうか？

「……ありがとうございます」

だけど、ステラは微笑みを返してくれた。

「勇者との戦いも、いつかは終わりましょう。そのときにもう一度——気持ちを伝えさせてくださいませ」

ステラの微笑が、はにかんだ笑みに変わる。

やはり可憐だと思う。

俺が今までの人生で出会った、どんな女よりも。

「それまでは、女としてではなく臣下として――あなた様に全力で仕えます」

「分かった」

俺は彼女を見つめた。

「その日が一日も早く来るよう、俺も全力を尽くす。魔王として」


その後、俺たちはふたたびいつも通りの雰囲気に戻り、仕事を続けた。しばらくは黙々と事務書類の決裁を進める。

「そういえば、あのときステラが使った力はなんだったんだ？」

俺はふとステラにたずねた。

「普段の『第三の瞳』とは明らかに違ったようだが」

「あれは『黙示録の眼《アポカリプスノート》』――私の中でずっと封じられていた力です」

ステラが告げる。

「『黙示録の眼《アポカリプスノート》』……？」

どこかで聞き覚えのある単語だった。

「そうか、ステラの過去で……！」

夢魔姫《デッドチャーム》フェリアの探索行の途中、俺たちはステラの故郷――アーゼルヴァイン公爵領に閉じこめられたことがあった。

それは、実際はフェリアの作り出した夢の中の世界ではあるが。

その中で俺はステラの夢を――過去を、体感した。

彼女の母にして先代魔王の側近、魔神眼《ヴィジョン》のマルセラ・ディー・アーゼルヴァイン。

多忙な母の関心を引こうと、幼き日のステラは己の力を磨き続けた。

ステラは天才だった。すさまじい勢いであらゆる瞳術を習得し続け、ついには眼魔《がんま》の中で禁忌とされる力に目覚め始めた。

それが、『黙示録の眼《アポカリプスノート》』だ。

マルセラはステラの成長を抑え、彼女の第三の瞳に強力な封印をかけた。そのため、ステラは瞳術の力が弱まってしまったのだ。

「ですが、その封印が解けつつあるようです」

彼女が告げる。

「『黙示録の眼《アポカリプスノート》』は魔王の座すら脅かすかもしれない無敵の瞳術。ゆえに、眼魔《がんま》はこの力を禁忌としてきました。魔王様への忠誠ゆえに」

「魔王の座すら……」

「今は不完全ですが……私は、いずれ完全な『黙示録の眼《アポカリプスノート》』に目覚めるかもしれません」

ステラは、ふいに思いつめたような顔になる。

「そうなる前に、あなたの手で私を――」

「ステラ?」

「あなたの手にかかるなら、私は……一片の悔いもありません」

「手にかけろ、だと？　そんなことをするわけがないだろう」

俺は静かに首を振った。

「だいたい、ステラには大きな恩がある。神の力を得たリアヴェルトの隙をつけたのは、お前の眼があってこそだ」

「感謝の言葉しかない。今回に限らず、いつもな」

ステラの肩を抱く。

「いえ、そんな……」

照れたように、ステラがはにかんだ。

「俺は、お前を信じている。これからも側にいてほしい」

「……あなたの望むままに。フリード様」

ステラが濡れたような瞳で俺を見つめた。

「この命を懸け、あなたに仕えます」

ステラとの話を終えると、俺は魔王城の最上部に向かった。

久しぶりに『彼女』に会って、話を聞くためだ。

先代魔王ユリーシャに。

魔王城地下に秘められていた、あの力のことを――聞かなければならない。

俺は魔王城の『開かずの間』にやって来た。

ここには先代魔王ユリーシャの霊体が住んでいる。

住む――というか、まあ居着いているんだが。

「久しぶりだな」

俺は部屋に入り、彼女のもとに歩み寄った。

あどけない美貌に、足元まで届く黒い髪。体が小さいため、黒いローブは裾が余りまくり、だぼだぼである。

「随分と放ったらかしだったではないか」

ユリーシャはおかんむりのようだった。

「まったく……なかなか会いに来てくれんな」

小さな子どものように頬をぷくっと膨らませ、口をとがらせている。

「悪い。いろいろと忙しくてな」

「一人で過ごすのは退屈なのだぞ」

「……お前と話が合いそうな魔族でも探してみるよ」

俺はユリーシャをなだめる。

もちろん、口が堅そうな者というのは大前提である。

そうだ、案外オリヴィエ辺りがいいかもしれない。彼女なら、『わー！　ちっちゃいです、可愛いです、萌えます～！』といった反応が容易に想像できる。

「ん、どうした？」

「……いや。お前と仲良くできそうな魔族に心当たりがあった」

「ほう」

「今度連れてくるよ」

「約束だからな」

ユリーシャがずいっと顔を近づけた。目が爛々と輝いている。新しい友だちができるかもしれない
――そんな感じの、期待のまなざしだ。

「ああ、魔王として誓おう」

「ならば、よし。で、今日の要件はなんじゃ？」

ふんぞり返りながらたずねるユリーシャ。

「実は――」

俺は先日の戦いのことを話した。

「地下に秘められた『力』か」

「何か知っているのか、ユリーシャ」

「『始まりの魔王』ヴェルファーとの戦いで、神は大きな傷を負ったという。そのときに『神の力』の一部が魔王城の地下に封じられていたのかもしれんな」

俺の問いに答えるユリーシャ。

「魔王城の地下に……？」

「そのリアヴェルトとかいう奴の話や行動からの推測じゃ」

先代魔王はため息をつく。

「魔王とはいえ、わらわにも分からぬことは多い。あるいは、すべてを知っているのはヴェルファーだけかもしれんの」

「その力をリアヴェルトは手に入れて……あれだけ強くなった、ということか」

「しかも、その力はおそらく天界に渡った」

ユリーシャが苦々しい口調で語る。

「やはり、そうか」

リアヴェルトを倒したとき、奴は虹色の光を魔界の外まで放ったからな。今ごろ、神のもとに『力』が渡ってしまっているかもしれない。

「遠からず、神はさらなる力を得るじゃろう。そして神が強くなれば、その使徒たる天使や勇者たちも強くなる。戦いはますます激しくなるじゃろうな」

「俺たちも、もっと防衛強化しないとな」

ため息をつく俺。

「防衛？」

ユリーシャが、ふん、と鼻を鳴らした。

「ぬるいのう。こちらから攻めて出たらどうじゃ？」

「こっちにも多くの犠牲が出る。それに、攻めより守りのほうが有利なのは確かだろう」

「ふむ、一理ある」

うなずくユリーシャ。

「どう戦うにしても駒をそろえねばならんのう」

言って、俺をじろりとにらむ。

「何よりも、お主を中心に魔軍がまとまらなければならん。今の魔軍の結束はどうだ？　不穏分子はおらんか？」

不穏分子——。

脳裏に浮かんだのは、ゼガートだった。

「……いない、とは言えないな」

俺は苦い気持ちでうめいた。

「魔王の剣を修復できれば、神が魔族にかけた弱体化の呪いも解ける。そうなれば、たとえ勇者が強くなったところで、十分に戦えるじゃろう」

「煉獄魔王剣《ラーディス》……か」

だが、現状ではその探索になかなか手が回らない。

残る欠片は六つ。今どこにあるんだろうか。

そこで、ふと思った。

もしかしたら——ステラの眼を使えば、探せるんじゃないか。

「……申し訳ありません。まだ、あの力は自在に制御できないのです」

さっそくステラにたずねたが、彼女はすまなさそうに首を左右に振った。

「あのときは極限状況でしたし、気持ちも、その、すごく高ぶっていましたので…………フリード様にファーストキスを捧げたし」

最後に、恥ずかしそうにぽつりとつぶやくステラ。

はっきり言って、可愛い。

「す、すみません、よけいなことを言いました」

「い、いや、いいんだ」

俺も、ついステラに見とれてしまった。

この間の告白以来、やはりどうしても意識してしまう。

「仮に『黙示録の眼《アポカリプスノート》』を使いこなせるようになったら、魔王剣の欠片を探せると思うか」

「あの眼はすべてを見通す瞳術です。可能性は十分にあると思います」

うなずくステラ。

「そうか。容易なことじゃないとは思うが、なんとか習得してくれ」

「仰せのままに、フリード様」

ステラはうやうやしくうなずいた。

——とりあえず、魔王剣の欠片の探索絡みはいったんここまでのようだ。

「まだまだ負傷者が多いな」

救護所に並ぶ魔族の列を見て、俺はため息をついた。

ここは魔王城の近くに作られた、療養施設だ。先の戦いで傷を負った魔族たちが治療を受けていた。

「はい、一列に並んでくださいね」

「そこ、順番を抜かさない」

治癒能力に長けた第六軍が連日奮闘している。

中でも魔軍長である『邪神官《プリースト》』オリヴィエの働きぶりはすごい。片っ端から治療魔法をかけて、負傷者を次々に回復させていく。

「『治癒の輝き』！　次の人も『治癒の輝き』！　それから『大回復』！　あ、そちらの二人は点滴をしてくださいね。はい、次の人は輸血と併用して治癒魔法をかけますからね……って、魔王様？」

オリヴィエが、きょとん、と可愛らしく首をかしげて振り返った。

「あ、すまない。様子を見に来ただけだ、続けてくれ」

俺は片手をあげて、彼女を制する。

邪魔をするわけにはいかないし、離れた場所に移動した。

俺自身も治癒魔法は使えなくはないが、かなり苦手だった。魔王のステータスはそのほとんどが攻撃に偏っているのだ。

とはいえ、治癒を全く使えないわけではないから、俺も軽傷の者の治療を手伝うことにした。

「『ラージヒール』」

苦手とはいっても、魔力だけは他の魔族とはけた違いにある。

とりあえず『ラージヒール』を連打した。手当たり次第に治癒していく。

「す、すごい……あっという間に」

「ある程度の傷を負っているものは、すぐに治せないが……やれる範囲で治癒しておいた」

「ありがとうございます！」

第六軍の魔族たちが俺に礼を言う。いずれも医者を思わせる白衣姿の女魔族だった。人型もいれば、獣人タイプや不定形生物、魔獣型までバラエティ豊かである。

「魔王様、先ほどはすみません～」

オリヴィエが狐耳や狐のしっぽを揺らしながら、俺のもとにやって来た。

「いや、俺のほうこそ邪魔をしたな。いいのか、持ち場を離れて」

「ちょうど、休憩のタイミングなので」

にこやかに告げるオリヴィエ。

「私、瞬間的に魔力を高めるのは得意なんですけど、あまり魔力容量が大きくなくて……」

たとえるなら、瞬発力はあるがスタミナはない、という感じだろうか。

「もう少し魔力が戻るまで、少しお休みです」

「お前たち六軍のおかげで、負傷者たちも続々と回復している。感謝する」

俺はオリヴィエをねぎらった。

「えへへ、私は直接的な戦闘能力は全然ありませんから。せめて、こういうことでがんばろうかと」

「魔軍長にはそれぞれの役割がある。お前の働きは重要だ」

俺は仮面越しに、オリヴィエに微笑んだ。

「お前の働きは重要だ、オリヴィエ。これからも第六軍をまとめ、魔界を守る力に――その癒し手として存分に働いてほしい」

「あ、ありがとうございますっ」

オリヴィエの狐耳としっぽが、ぴょこん、と跳ねた。

「えへへへ……」

「ん？」

「えへへへへへ……」

なんだ、顔が異様なほどにやけてるぞ？

「普段から褒められ慣れてないので……」

にやけた顔のまま、オリヴィエが言った。

「照れてしまいます～」

「褒められ慣れてない？　だが、お前の治癒能力は魔族の中でも群を抜いているだろう。十分に賞賛されるべき力だ」

「私、もともと魔力の発動が不安定で……一族でもあまり重用されてこなかったんです。無能扱いされることも珍しくなくて」

「発動が不安定……か」

そういえば、こいつは妄想で気持ちが高ぶったときだけ魔力が極端に跳ね上がるそうだからな。安定して力を発揮することはできないわけだ。

「これだけの魔力を持っているのに無能扱いはひどいな」

「い、いいえ、こんなふうに比較的安定して治癒魔法を発動できるようになったのは、最近なんです」と、オリヴィエ。

「たぶん、憧れのステラお姉さまやフェリア様、リリム様たちと接する機会が増えたおかげです。百合カップリング妄想ができるシチュエーションがあちこちにあるので、妄想百倍、魔力千倍、って感じです！」

「そ、そうか……それはまあ、何よりだ」

たじろぐ俺。

今一つピンとこないが『萌え』の力とやらだろうか。

「理由はどうあれ、お前の働きは大きい。感謝している。俺だけでなく、お前の力で癒され、救われた魔族全員が」

「私が……救った？」

「お前は大勢の魔族を救ってくれた。そして、これからも――その力で魔族《なかま》たちを守ってほしい。期待しているからな」

俺はオリヴィエの肩に手を置いた。

「期待……魔王様が、私に期待……はふふぅ……」

オリヴィエは顔を赤らめ、両手で頬を覆う。

「どうかしたか、オリヴィエ？」

「お、おかしいんです……可愛い女の子を相手にしているみたいに、胸がどきどきして」

ぴょこんっ、とひときわ激しく尻尾が揺れた。

「これはもしや、新たな萌えが芽生えたのかも……！」

オリヴィエが目をキラキラさせて俺を見上げた。

「萌え……？」

「私、今までは可愛い女の子にしか萌えたことがなかったんです。魔軍長だと、ステラお姉さまとかフェリア様とか。あと、お姉さまとかお姉さまとかお姉さまとか。さらにお姉さまにも萌えたりしますね」

「ほぼステラだな、それ」

「だけど今、魔王様を前にして胸がときめきました。男性を相手にも萌えることができるみたいです、私。新たな属性が開発されてしまったようですねっ」

ぐっと拳を握りしめて叫ぶオリヴィエ。

同時に、彼女の全身から魔力のオーラが立ち上った。あいかわらず、すさまじい魔力量だった。

「ふふふ、萌えを補給すれば、私の力は無尽蔵に湧いてきますよっ」

オリヴィエが元気よく叫ぶ。

「というわけで、また治癒に戻ります！」

「ああ、よろしく頼む」

俺はオリヴィエに言った。

「ただ、無理はしないようにな。さっきも言ったようにお前の働きは重要だ。これからも力になってほしい」

「分っかりました！　不肖オリヴィエ・キール、無理せずほどほどに、全力でがんばってきまーすっ！」

言うなり、オリヴィエは走り去っていった。


救護所を出た俺は、続いてリーガルのもとを訪れた。

「リーガル、傷の具合はどうだ？」

先の戦いで、リーガルは四天聖剣《セイクリッドエッジ》と戦い、全身を砕かれてしまった。

オリヴィエの力で完全回復したのだが——いくら不死身の魔物といえど、体調面が気になるところだ。

「私はアンデッドゆえ痛みとは無縁です。砕かれた体はオリヴィエ魔軍長の治癒で完全に元通りになりました」

リーガルの声には、いつも通りの覇気がみなぎっていた。

「戦闘に支障はありません。以前と同じく——いえ、今まで以上に働いてみせましょう」

「頼もしい言葉だ。王として嬉しく思う」

俺は鷹揚にうなずいてみせた。

恭しく無言で一礼するリーガル。

「恐れながら、王よ。一つお聞きしてもよろしいでしょうか？」

「ん、なんだ」

「あなたの仮面の下は――」

リーガルの双眸――黒い眼窩の奥にある赤い輝きが、俺を見据えた。まるで仮面の下にある素顔を突き刺すような鋭い輝きだ。

「……いえ、なんでもありません」

「リーガル？」

「あなたは魔軍長を七人そろえ、魔軍を立て直しました。『光の王』や『神の力』を得た勇者といった強敵も退けました。勇者の攻勢が激化している今……あなたは魔界を守ることができる『強き王』だと私は考えています」

初めてリーガルに出会った時のことを思い出す。

俺のことを『甘い』と断じ、戦いを挑んできたことを。

その戦いを制し、当面の忠誠を得たものの――あくまでも『暫定』という感じだった。

今は、少しは変わったということだろうか。少しは、俺を認めてくれたんだろうか。

「これからも、あなたの剣として働く所存」

「――今後とも頼りにしている」

俺はリーガルをまっすぐに見つめた。

「期待しているぞ、リーガル」

「はっ」


リーガルと話した後、俺は執務室に戻ってきた。

今日の分の書類はすでにステラがチェックしてくれたらしく、決裁待ちの箱の中に入れてあった。いつもながら仕事が速い。

一番上の書類を手に取ろうとしたところで、コンコンと扉がノックされた。

「入れ」

「ふふ、来ちゃった」

桃色の髪をツインテールにした女魔族が入ってくる。

小悪魔的な印象を与える美貌に、露出度の高い扇情的な衣装がよく似合っていた。腰からは細い尾が、背中からは蝙蝠のような翼が生えている。

七大魔軍長の一人、夢魔姫《デッドチャーム》フェリアだった。

「魔王様への想いを抑えきれなくて」

ぱちん、とウインクするフェリア。それだけで背筋が一瞬ゾクッとなったのは、彼女が半ば無意識にチャームを振りまく夢魔だからこそか。

「――なんて、ね。魔王様をお慕いしているのは事実だけど、今日はちゃんと仕事で来たのよ。報告することがあって」

「報告？」

「実は――」

フェリアは俺に顔を近づけ、手短に内容を告げた。

「……魔界の結界が侵食されている？」

「ええ、精神攻撃魔法の類ね」

夢魔の眷属である彼女は、精神系の魔法に関してエキスパートだ。

「勇者たちの仕業か？」

先の侵攻戦の際、魔界の結界はかなり弱まった。破損個所もまだ残っているはずだ。

その修復は終わっていないから、第二波として精神攻撃を仕掛けてきたんだろうか。

「うーん……はっきりとは分からないけど、たぶん違うんじゃないかしら」

と、フェリア。

「人為的なものじゃない感じなのよね。あるいは――神の力かも」

「神の……？」

リアヴェルトとの激闘の末に、奴が手にした『神の力』は魔界の外に飛んでいってしまった。おそらく、今ごろは神のもとにあるのだろう。

それが、魔界の結界を侵食している……？

「すぐに影響は出ないと思うけど、放置しておくのは危険だと進言するわ」

普段の小悪魔的な笑みが消え、完全に真顔になっていた。

「今のままだと……いずれ結界を突き破って、聖なる属性の精神魔法が魔界に降り注ぐでしょうね。それを受ければ、大半の魔族は大きなダメージを負う。侵食がひどくなるとまずいわね」

「分かった。結界に関しては、俺が直接見に行く」

「あたしも一緒に行った方がいい？」

「そうだな。来てもらえるか」

「もちろんよ」

フェリアが艶然と微笑み、俺の腕に手をまわした。むぎゅっ、と豊かな胸が二の腕に押しつけられる。

「あなたの行くところならどこへでも。結界であろうと、戦場であろうと――閨《ねや》であろうと」

「ストレートに誘惑してくるな、あいかわらず」

苦笑する俺に、フェリアは顔を寄せ、

「じゃあ、もっとストレートに聞いちゃうけど……魔王様はお妃についてどう思ってるの？」

「妃？」

「魔王は世襲制じゃないから、歴代魔王の中には独身を通した方もいるわ。だけど、魔王様はどうされるのかしら？」

「今は、そんなことまで考える余裕はないな」

俺は仮面の下で苦笑を強めた。

「へえ？　でもステラからはアプローチされてるんじゃない？」

「い、いや、それは」

彼女とのキスや告白を思い出す。

「……ステラのことはいいだろう、別に」

年甲斐もなく、うろたえてしまった。

「その様子だと満更じゃなさそうね。あたしには、チャンスはないのかしら？」

フェリアがさらに体を寄せてくる。豊かな胸やしなやかな体の感触にドキッとする。

「……お前、またチャームをかけてないか？」

「あたしは夢魔だもの。これは生態みたいなものよ」

フェリアが蠱惑的な笑みを浮かべた。

「で、どうかしら？　あたし——魔王様の好みに合わせて、なんでもするつもりだけど？」

「フェリア……」

「もっと清楚な感じが好み？　ステラみたいな？　それともお色気全開のほうがいいかしら？　あるいは——」

悪戯っぽい笑みは絶やさないまま、フェリアは艶めかしく体をくねらせた。

どこまでが冗談で、どこまでが本気なのか、なんとも判断しづらい態度だった。

「別に打算や軽い気持ちで言ってるわけじゃないからね。あたしは——あたしを闇から救ってくれたあなたに感謝しているし、想っている……から」

熱い息を吐き出す夢魔姫《デッドチャーム》。

「これは本音よ。もし妃のことを考える余裕ができたら、あたしも候補くらいに入れてよね？　なんなら側室でもいいから。ね？」

フェリアは、ちゅっ、と俺の仮面の頬に軽く口づけした。


魔界の結界が侵食されている、という状況を確認するため、俺はフェリアとともに執務室を出た。

魔王城のバルコニーから飛行呪文で飛び上がる。フェリアもコウモリ状の翼で羽ばたき、俺についてきた。

上空数百メートルまで達したところで、結界を見据える。

「……俺には違いがよく分からないな」

それが素直な感想だった。

勇者が侵攻してきた際に穴が開いた部分についてはすでに塞いでいるが、しょせんは応急処置である。フェリアが言うような『侵食』については、よく分からなかった。

ただ、精神系魔法については彼女が専門だ。俺には分からなくても、フェリアが何かを感じているなら、それを信じてみよう。

「へえ、侵食に気付いたんだ。さすがは夢魔だね」

超スピードで一人の魔族が空を飛んできた。

銀髪に褐色肌の美少年――ジュダである。

「魔王くんも、もう少し魔法感知能力を鍛えないとね。戦闘力は文句なしだけれど、そういうところはまだまだ鍛錬の余地ありかな」

「また今度、修行をつけてくれるか？」

「りょーかい。君はなかなか教え甲斐があるからね」

ジュダが悪戯っぽく微笑んだ。

「で、本題に戻そうか。確かに結界は侵食されている。いや、正確には——侵食が加速しているというべきかな」


——ジュダが魔軍長になったとき、魔界の結界について相談したことがある。

もっと強力な結界として補強できないか、と。

だがジュダは「無理だね」と、そっけない答えを返した。

「結界は常に神の力の侵食を受けていて、少しずつ弱まっているんだよ」

「神の力の……？」

「もちろん外から魔力を注げば、補強することはできるよ。でもね」

俺の問いに、ジュダは微笑み、

「どれだけ注ぎこんでも、その魔力は魔界全土を覆う広い結界全体に少しずつ拡散し、結局は薄れてしまうんだ。それでは神の力の侵食に対抗できない。だから永続的な補強は不可能なんだ」

「定期的に魔力を注いで補強する——というのは、どうだ？」

「魔界全土を覆うには膨大な魔力が必要だよ。確かに君の魔力は絶大だ。史上最強といっていい。それでも――」

ジュダは苦笑交じりに首を左右に振った。

「さすがに君の魔力でも、魔界全土を覆い、補強し続けるのは無理だ。魔力量が決定的に追いつかない」

「……そう、か」

――というのが以前の会話だ。

しかも、ジュダの話ではその『神の力による侵食』は強まっているという。

「根本的な解決には、どうすればいいんだ?」

俺はストレートにたずねた。

ジュダはにっこりと笑い、

「神を倒すこと、かな?」

「……それができれば苦労はないだろう」

俺はさすがに憮然となった。

「まあ、無理ってことだね」

「まったく……」

俺はため息をついた。以前に相談したときも、まったく同じ返答をもらったからだ。

神の力の強大さ、そして異質さの一端は、この間のリアヴェルト戦で思い知った。

単純な攻撃能力や防御能力といった次元ではない。神の力の前では、魔の力は『拒絶』されてしまう。

攻撃そのものが届かない相手には、どんな火力も無意味である。

現状で、神を倒す方法は見当たらない。

「現実的には、『結界を補強すること』だね」

ジュダは笑顔のまま説明した。

「神の侵食に耐える結界を作るのは不可能だけど、現状のものよりも侵食に強い結界を開発することは不可能じゃない」

「できるのか、お前になら？」

俺は期待を込めてたずねた。

「……研究はしているよ。ヴェルファーが死んだ、あの日からずっと」

ジュダの顔から笑みが消えた。

めったに見せない、真剣な顔だ。

「今のところ、成果は出ていないけれど。というか、一番成果が出た結界が現行のものだからね。さらに改良するとなると時間がかかるよ」

「分かった。引き続き、結界の研究を頼む。俺にできることがあれば言ってくれ」

「さしあたっては研究費かな？」

「……そういえば、予算の増額請求を出してたな」

他との調整が大変だ、とステラが頭を悩ませていたはずだ。

「真面目な話はそろそろ終わりでいいじゃない。現状、すぐにどうこうはできないんでしょ？」

フェリアが俺の腕にしがみついてきた。むにゅうっ、と胸を押しつけてくる。

「ふふ、私は邪魔ものかな？」

微笑むジュダ。

「そうそう、ここからはあたしと魔王様のいちゃらぶタイムよ。遠慮してもらえるとありがたいわね」

「りょーかい。それじゃ、私はそろそろ行くよ」

「い、いや、まだ話が――」

「悪いけど、そろそろ昼寝の時間なんだ」

ジュダがそっけなく告げる。

気まぐれなこいつを長い時間拘束するのは難しい。

「結界については、損傷が大きいところはすでに補強しておいたし、それでいいよね？」

「あ、ああ……」

あいかわらず気まぐれだが、仕事は早い男だ。

「それじゃ、ごゆっくり」

ジュダが去り、

「魔王様、さあ……あたしのこと、好きにしていいのよ？」

フェリアの誘惑タイムが始まった。

……ジュダとは違う意味で、難敵だった。


フェリアの際どい攻勢から逃げるようにして、俺は城内を進んだ。

今度の行く先は、地下。リアヴェルトが侵入した地点を、詳しく調べておこうと思ったのだ。『神の力』が眠っていた跡地を……。

と、前方から身長一メートルほどの銀の騎士がやってくる。

前の体を破壊され、新たな姿に変わった魔軍長ツクヨミである。

「これは、魔王様」

一礼するツクヨミ。

「新しい体の調子はどうだ」

「問題ないのであります」

ツクヨミがいつもの抑揚のない口調で答えた。

「魔王城の地下に眠る『神の力』──お前は知っていたのか」

「『大きな力が眠っていること』は前の魔軍長から聞かされ、自分も知っていたのであります。それは、あらゆる手段で守り抜かねばならない、と」

と、ツクヨミ。

「ですが、それが『神の力』だとは知らされていなかったのであります。自分も驚いたのであります」

「……そうか」

「というか、自分はなんでもかんでも知ってるわけじゃないのであります。しかも、この間の戦いで前のボディを壊されて、その修復でてんやわんやであります。あーあ、しばらく休みたい……仕事めんどくせ」

「ん、何か言ったか？」

「独り言であります」

……まあ、こいつの愚痴は一種のガス抜きみたいだし、ある程度は聞き流しておこう。

俺は次の質問に移る。

「魔王城の地下には他にも防衛機構があるという話だったな。その中には――たとえば『神の力』やそれに類するものを封印している装置も含まれているのか？」

「自分も調査中であります。新たな錬金機将《アルケミスト》に任命されて以来、魔王城地下の探索は随時進めているのでありますが、地下機構は複雑を極め、全容解明には遠く……前の魔軍長は断片的な記録しか残していませんでしたので」

まだまだ魔王城地下には謎が多い、ということか。

「何か分かったら、俺にも教えてくれ」

「魔軍長の責務としてお約束するのであります」

ツクヨミがうなずいた。

「でもその前に、もうちょっと休暇がほしいのであります。本当、魔族遣いが荒いっていうか、ブラックな職場っていうか……あーあ、めんどくせ」

……愚痴は、聞き流しておこう。


「傷はもういいの、フィオーレさん？」

ルドミラは負傷したフィオーレを訪ねた。

彼女は先の戦いで受けた傷の療養のため、『大聖堂』にほど近い神殿に滞在している。

ルドミラの方はフィオーレに比べれば軽傷だったこともあり、すでに戦線復帰。各地で散発的に出没する魔族退治に飛び回っていた。

「……ええ、もともと軽傷でしたから」

彼女の顔に笑みはない。

魔界から戻って以来、一度も笑顔を見ていない。暗い表情のままだ。

愛する弟エリオの死によって、彼女は変わってしまった。

見ているだけで、痛ましいほどに――。

「早く次の侵攻作戦が開始されませんでしょうか。待ち遠しい」

フィオーレがぽつりとつぶやく。

「早く魔族を殺したいですわ。早く……」

フィオーレの優しげな美貌が怨念に染まった様子は、見ていてつらかった。

ルドミラの胸が重くなる。

「フィオーレさん」

ルドミラは友を抱きしめた。

力強く抱きしめ、頭を優しくなでる。

「……大丈夫ですわ。わたくしは正気です」

ふう、と息を吐き出すフィオーレ。

だがその瞳に宿る光は、ゾッとするほど冷たい気配をたたえていた。

（フィオーレさん……）

ルドミラは唇をかみしめる。

……自分では、彼女の抱えた『闇』を光で照らすことはできないのか。

かつて魔族によって故郷を失い、大切な人たちを失ったルドミラは、もう二度と魔族から大事なものを奪われたくない一心で勇者になった。

だが、同じなのか。自分は魔軍に敗れ、こうして大切な友が傷つき、闇に沈んでいくのを止められないのか――。

悲しみと無力感で、心が打ちのめされそうだ。

「ここにいたか、ルドミラ、フィオーレ」

やって来たのはシオンだった。

「ちょうどよかった。君たちに報告したいことがあってね」

「報告？」

「以前とは比べ物にならないほど、神の力が顕在化を始めているそうだ」

ルドミラの問いに答えるシオン。

「神の……力が？」

かつて、この世界には神や天使の力が満ち満ちていたという。だが太古に起きた神と魔王の戦いにより、その力が届かなくなってしまった。

長い時間をかけ、少しずつ神の力は地上に届き始めているが、それでもまだ弱い。

それが——また強まっているということだろうか。

「リアヴェルトが最期の瞬間に、『神の力』を魔界から人間界に向かって放ってくれたおかげだ」

シオンが厳粛な表情で告げた。

「彼は命を落としたが、その行動は必ず未来へと続く。後に残された俺たちが、必ず未来を紡ぐ。魔軍を打ち倒して、な」

「そうね」

「リアヴェルトさんだけじゃありませんわ。今回の戦いで犠牲になったすべての勇者が——」

フィオーレが言った。氷のように冷たい瞳のまま。

「そして、エリオだって――きっと彼の行動は未来永劫称えられるでしょう。わたくしが魔王を討ち、必ずそうしてみせます。エリオの名が伝説として残されるように、必ず――」

「フィオーレさん」

ルドミラは心配になり、また彼女を抱きしめた。

「あなたの辛い気持ちは分かっているから。思いつめすぎないで。お願い――」

「……ありがとう、ルドミラさん」

「神の力が増したということは、俺たちの奇蹟兵装もさらに強い力を発揮できる、ということだ。勇者たちの強化は進んでいくだろう」

「第三次魔界侵攻戦も、遠くないかもしれないわね」

ルドミラが空を見上げた。

「いや、あるいは――」

シオンがつぶやく。

誰に聞かせるでもなく、自分自身に言い聞かせるように。

「次が最後の侵攻作戦になるかもしれないな」

人か、魔か。

いずれかが滅びる最後の戦いが――近づく。

ゼガートは、フリードが新たな魔王となって以来、その対策を練ってきた。

彼は、強い。単純な魔力やステータス面ならば、歴代魔王でも最強だ。ゼガートとて、正面から立ち向かえば、ほぼ確実に殺されるだろう。

「だが、付け入る隙はある」

人間界での戦いの記録から、彼が『一定の条件』がそろったときに、魔王剣の欠片によって弱体化することが分かっている。

それを利用すれば、こちらにも勝機はある。

すでに『一定の条件』については、十中八九、見当がついているし、その発動のための欠片も手にしている。

「ただし——魔王を封じても、その側近も十分に手ごわい」

ゼガートが、ふうっ、と息を吐き出した。

「そこを切り崩さないかぎり、最終的な勝利はない」

「然《しか》り、なのであります」

かたわらのツクヨミがうなずく。

「仮に魔王を封殺できても、リーガルやジュダ、あるいは新たな力に覚醒したステラ辺りを同時に相手取ると、さすがに厳しい戦いになるだろう」

「回復能力の高いオリヴィエや精神魔法の達人フェリアも厄介な相手であります」

ゼガートの言葉にツクヨミがふたたびうなずいた。

直接戦闘能力ならゼガートは魔界最強クラスだし、ツクヨミもコアを破壊されないかぎり半永久的に活動を続け、高い白兵戦能力と魔力を兼ね備える最上級の改造生命体《ホムンクルス》だ。

またゼガートの片腕であるシグムンドも魔軍長クラスが相手ならともかく、並の魔族など歯牙にもかけない強さを誇っている。

その他、ゼガートが率いる軍勢はいずれも魔界随一の、一騎当千のつわものぞろい。

それでも――さすがに魔界全軍と正面から戦えば、勝算はあまりにも薄い。

「いや、無謀と言っていいな」

ゼガートはニヤリと笑った。

「だが、リーガルを我らが陣営に引き入れ、ジュダを封じられれば――残りの連中は、直接戦闘能力では儂らに劣る」

獣帝《ギガントロア》の眼には明確なビジョンが見えていた。

「立ち回りさえ間違わなければ、勝てる」

勝利と、その先の――自身の魔王戴冠へのビジョンが。

ゼガートは魔軍長の一人、リーガルのもとへ向かった。

「俺に、貴様らの仲間になれ……と？　それも、魔王様に対する謀反の」

ゼガートをにらむ不死王《ロードアンデッド》。

髑髏ゆえに表情は分からないが、赤い眼光は明らかに怒りの感情を宿していた。

「戯言にしても看過できんぞ……！」

「戯言ではない」

ゼガートが平然と告げる。

「儂はお前の力を高く評価している。ゆえに誘いに来たのだ」

「本気か。ならば俺は、魔軍長の一人として──魔界の屋台骨を担う一人として、貴公を斬らねばならぬ」

リーガルが剣を抜いた。

無数の骨を組み合わせたような、異形の剣だ。

「まあ、待て」

ゼガートはそれを片手で制した。

「魔王の正体を知っているのか？」

「正体？」

「奴は、人間だ」

「……馬鹿な」

言いつつも、リーガルの声にわずかな震えが混じる。

あるいは、何か彼なりに勘づいていることがあるのだろうか。

あるいは、仮面の下のフリードの素顔を見たことでもあるのだろうか。

「無論、その体は魔族だ。しかし、奴の精神性は人間のまま。早い話、魔族の皮をかぶった人間が、この魔界を支配しているといえよう」

「……人間、か」

「そう、お前が何よりも憎む人間が、だ」

ゼガートとリーガルの視線が中空で絡み合う。

「魔王様が――魔王が、人間……か」

不死王《ロードアンデッド》の視線には、わずかな動揺が見て取れた。


「さて、と」

俺は仮面の下で小さく息を吐き出した。

「今日は何から片付けるか……」

平常業務はあいかわらず多いが、ステラのサポートのおかげでそれほど手間取らずに済む。最近では俺も各種の陳情書などの中身について理解を深めてきたし、ステラとも意見を交わすことが多くなっていた。

王として、少しは成長しているだろうか、俺は。

結界のことや、魔軍の編成のこと、先の戦いの負傷者の治療、破壊された町の復興、その他にも問題は山積だ。

だけど、俺には頼もしい部下たちが——仲間たちがいる。ステラや他の魔軍長、魔族たちと力を合わせて、魔界を盛り立てていこう。

そんなことを考えながら、執務室へ向かう途中、

「魔王様！」

ステラが駆け寄ってきた。

「非常事態です」

その顔は青ざめている。

「どうした、ステラ？」

俺は仮面の下で眉を寄せた。

「獣帝《ギガントロア》ゼガートと錬金機将《アルケミスト》ツクヨミ、および彼らの指揮する第四軍と第七軍が……」

告げるステラ。

嫌な予感が、背筋を凍らせた。

「謀反を、起こしました」

第十章

魔界動乱

Manadeshi ni Utagirarete Shinda Ossan Yu-sha,
Shijyosaikyo no Maou Toshite Ikikaeru

魔界で王都に次ぐ規模を持つ、獄炎《ごくえん》都市ジレッガ。

名前の通り、炎に照らしだされた灼熱の都市だ。

真紅に染まった街並みの中心部で、二人の魔族が対峙していた。

魔軍長――ともに、魔王の側近を務める高位魔族である。

「ジュダ、儂《わし》の仲間にならんか?」

獣帝《ギガントロア》ゼガートが単刀直入に切り出した。

「んー……気が乗らないなぁ。今日は一日のんびりごろごろしようと思ってたんだ」

「あいかわらず、ふざけた奴だ」

つぶやきつつ、油断なく極魔導《マスター》ジュダを見据える。

銀髪に褐色肌の美少年。飄々として柔和な笑顔。

とても猛者には見えない。

だがその実、彼は並の魔王クラスを凌ぐ超魔力の持ち主だ。『始まりの魔王』ヴェルファーとともに太古の戦いで神々と渡り合った、もっとも古く強力な魔族の一体――。

ゼガートとて、気を抜けば殺されかねない相手だった。

(どう出る、ジュダよ)

油断なく、鋭い眼光を極魔導《マスター》に浴びせる獣帝《ギガントロア》。

「ふあ……」

そんな彼の緊張感を知ってか知らずか、ジュダはあくびをした。のん気なその顔には、戦意のかけらも見えない。

「だいたい君は魔王くんに忠誠を誓ったんじゃないの？」

と、ジュダ。

「儂が反乱を起こしたのは、魔界の未来を憂いてのことだ。今代の魔王に忠誠を尽くすことはできん」

「未来……ねぇ」

「フリードは確かに強い。だが王としてあまりにも甘い。あくまでも一戦士としての器であって、王としての器ではない……ゆえに」

ゼガートが歩き出した。じりじりとジュダとの間合いを詰めていく。

「儂がこの世界を総べる。そのために立ち上がったのだ」

「ただの権力欲に見えるんだけどな」

ジュダの目がすうっと細まった。

「君、かつての魔王ロスガートの子孫だよね？」

穏やかな表情に一瞬、鋭い殺気が宿る。

「昔から野心を持って、魔王の座を狙ってたんでしょ？　で、コソコソと準備を進めていた――違う？」

「それがどうした」

ゼガートはその殺気を正面から受け止めた。

「野心は、ある。魔界を憂う気持ちもある。その二つは同時に成り立つものであろう？」

「少なくとも彼は……フリードくんは魔界のためを思って行動している。でも君が行動するのは、野心を満たすため」

ジュダが微笑む。

「魔界を憂うっていうのが、どうにも薄く聞こえてねー。本当のところは、野心を満たすための方便なんじゃない？　それって『王の器』なのかな？」

「それがお前の返事か」

ゼガートがうなった。

「お前は儂を認めない……そう理解していいのだな」

「いいよー」

ジュダの返事は軽い。

「っ……！」

だが、彼から放たれる殺気は、ゼガートを押しつぶしそうなほどに重く、強くなっていた。労せずして手駒になってくれればベストだったが、それは叶わないようだ。

ジュダに対しては策を弄するより、本音をぶつけたほうが仲間に引き入れられる勝算は強い——と踏んだのだが。

（まあ、仕方ない。それならそれで違う手立てを取るまで）

「ジュダ、確かにお前は強い」

ゼガートがじりじりと間合いを詰める。

相手は魔術師《メイガス》だ。距離を詰めて戦うのがセオリーだった。

離れれば、ジュダは最上級呪文を連打してくるだろう。

「だが、我らを同時に相手にできるかな」

「同時？」

「自分もお忘れなく、であります」

空間から溶け出るようにして、銀色の騎士が現れた。

魔軍長の一人、錬金機将《アルケミスト》ツクヨミである。

「ツクヨミくんもいたのか。それは魔力探知を封じる結界装置かい？」

「魔力だけでなく、光、音、気配……あらゆるものを遮断し、覆い隠す装置であります。自分が開発したのであります」

「へえ、改造生命体《ホムンクルス》も進化したものだね。私は、そっち方面はあまり研究しなかったけど……君を作ったイザナくんは大した錬金術師だ」

ジュダが微笑む。

「で、魔軍長二人がかりかい？　それで私に勝てるつもり？」

「いや」

ジュダの背後から声が響く。

ゼガートがニヤリと笑った。

「ん……？」

ジュダがそれを見て訝しむような表情を浮かべる。

「三人だ」

発した声はゼガートでも、ツクヨミでもない。

ざんっ！

背後から突き出された刃が——ジュダの胸元を貫く。

「が……は……っ」

美貌の少年は口から血を吐き出し、倒れた。

「私にも気配を悟らせず……に……君……は……!?」

愕然とした表情でうめくジュダ。

その瞳に映るのは、血塗られた刃を構えた魔族の姿——。

獣帝《ギガントロア》の、もう一人の味方の姿。

「さすがのお前も魔軍長二人と向き合っていては、周囲に気を配り切ることはできなかったようだな」

ゼガートは倒れたジュダを傲然と見下ろした。

「儂に従わぬなら、しばらくの間おとなしくしてもらおうか。フリードと戦うときに加勢されては厄介だからな」

——獣帝《ギガントロア》と錬金機将《アルケミスト》の率いる軍が謀反を起こした、との報告が王都を駆け巡ったのは、その数時間後のことである。

魔王城、謁見の間――。

「俺が兵を率いてジレッガに行く」

俺は魔軍長たちに指示を送っていた。

「ステラはいざというときには俺の代わりに全軍の指揮を。リーガル、フェリア、オリヴィエはその補佐だ。ジュダへの連絡も頼む」

「千里眼で探していますが、ジュダ魔軍長の姿が見当たりません。引き続き、探索を続けます」

と、ステラ。

「ジュダは重要な戦力だ。連絡が取れ次第、王都で守りについてもらうよう伝えてくれ」

「承知しました」

「後のことは頼むぞ、みんな」

俺はその場に集まっているステラ、リーガル、フェリア、オリヴィエを順番に見回した。

「お気をつけください、魔王様」

「……ご武運を」

「がんばってね、魔王様」

「ファイトですっ」

四人の魔軍長が俺を見つめる。

「行ってくる」

言い残して、謁見の間を後にした。

リリムたち警護兵を引き連れ、獄炎都市ジレッガへ向かう。

俺は冥帝竜《ベル》に乗って低空飛行だ。リリムたちは騎馬で随伴していた。

「魔王様、あたしたちがしっかりお守りしますねっ」

そのリリムは気合満点だった。

「相手は魔界随一の猛者ゼガートだ。無理はするな」

警備兵を連れてきたのは、俺を守ってもらうためというよりは、周辺住民の警護のためである。

そのことはすでにリリムたちには伝えてあった。

「お前も頼むぞ、ベル」

乗騎である竜に呼びかける。

「ゼガートかぁ……前々から野心たっぷりだと思ってたけど、とうとう謀反なんてやらかしたんだね」

と、ベル。

覚悟はしていた。予感もしていた。

いずれゼガートは俺の前に立ちはだかるだろう、と。

その覚悟と予感に、今こそ決着をつけるときだ――。

ジレッガに到着すると、俺はゼガート軍と相対した。

ずらりと並ぶ獣人系の魔族たち。いずれも一流の白兵戦能力を持つ精鋭たちだった。

「き、来たぞ、魔王フリードだ……！」

俺を見て、軍勢がどよめく。

「そうだ。この俺こそ魔界を総べる王！　すべての魔族の頂点に立つ存在！　おとなしく降伏するならよし！」

朗々と叫ぶ。

仰々しい台詞は奴らの戦意をくじくための威嚇込みだ。

「さもなくば――」

俺は右手を突き出した。

最下級の火炎呪文『ファイア』を放つ。

ごうんっ！

大爆発とともに、地面に巨大なクレーターができる。最下級とはいえ、俺のこの呪文は山をも消し飛ばす威力である。

ただし、当てるつもりはない。あくまでも警告のためだった。

「馬鹿な、今のが最下級呪文だと……!?」

「なんて威力だ――」

たちまちゼガートの軍が静まり返った。彼らの顔は一様に青ざめていた。

「これが魔王の力だ。なお刃向うというのであれば――我が力を、その身を持って味わうことになろう」

威厳を込めて、告げる。

「ひ、ひい……」

「聞いていた以上の、化け物だ……」

「ひるむな、我らにはゼガート様とツクヨミ様がいる……」

それでもなお降伏しないのは、さすがに勇猛で鳴らしたゼガート配下だけはある。

とはいえ、俺も無闇に殺したくはなかった。

本来、彼らは魔界を守るための剣となる大切な軍勢だ。

俺がやりたいのは殲滅ではなく、鎮圧。そのためには――、

「出てこい、ゼガート、ツクヨミ。部下たちを盾にして、自分は隠れているつもりか」

俺は周囲に呼びかけた。

不意打ちに備え、俺とリリムたちの周囲に魔力防壁である『ルシファーズシールド』を張っておく。

彼らを打ち倒し、軍の指揮に致命的なダメージを与える――それが狙いだった。可能なかぎり少ない犠牲で、この謀反を終結させるために。

「隠れるつもりなどない」

獣人魔族たちが左右に分かれ、獅子の獣人――獣帝《ギガントロア》ゼガートが悠然と進み出た。

「正面から俺と戦う気か……？」

確かにゼガートは強い。

だが、ステータスは俺の方が圧倒的に上。

それは奴も理解しているはずだが――。

「こたびの謀反、どういうつもりだ、ゼガート」

「どうもこうもない。儂がこの世界を治めるために起こしたもの」

ゼガートは悠然と告げた。

「儂こそがもっとも魔王にふさわしいと考えたゆえ。皆もそう思うであろう？」

と、配下に手を振る。

おおおおおおっ！

獣人たちがいっせいに叫んだ。俺におびえていた彼らが、すっかり闘志を取り戻している。さすがにゼガートのカリスマは抜群のようだ。

「魔界とは弱肉強食の世界。神や人によって、常に脅威にさらされる世界。それを総べる王は何よりも強くあらねばならぬ」

どう猛な獅子の瞳が俺を見据える。

俺は仮面越しにその眼光を真っ向から見返した。

「俺では、その強さが足りない――と？」

「然り」

告げて、地を蹴るゼガート。

これ以上は問答無用とばかりに、爪を、尾を、牙を、次々に繰り出してくる。

「――遅い」

俺は奴の背後に回りこんだ。

『ファイア』！」

最下級の火炎呪文を叩きこむ。

俺が放てば山をも消し飛ばす威力の魔法だが、

「ぐお……っ」

苦鳴を上げつつも踏ん張ったのは、さすがゼガートだ。

「やはり……お強い」

「降伏しろ。お前に勝ち目はない」

「勝ち目？　そんなものが最初からないことは分かっております」

ゼガートが笑う。

いや、これは――。

その顔が突然変化した。

獅子の風貌から、鳥のそれへと。

「お前は……」

ゼガートじゃない。こいつは獣帝《ギガントロア》の副官、シグムンド……!?


魔王城内部に二つの影があった。

黄金の獅子の獣人と、白銀の騎士のような魔族――ゼガートとツクヨミである。

二人は選りすぐりの手勢を引き連れ、階段を上がっていた。

目的の場所は最上階にある謁見の間。

そこには魔界の戦力の要……魔軍長たちが集まっているはずだ。

「フリードを獄炎都市ジレッガにおびき出すことは成功したようだ。今ごろは儂に化けたシグムンドが奴を引き付けていよう」

「ここまでは目論見通りであります」

ゼガートの言葉にツクヨミがうなずいた。

「ただし自分の計算では、フリードが戦闘能力全開で戦った場合――第四軍といえども数分で壊滅するのであります」

「全開で戦えば、な」

ゼガートがほくそ笑む。

第四軍の戦力は魔界随一だ。一騎当千の猛者ぞろいである。

ただ、フリードはあまりにも強すぎる。あまりにもその戦闘能力は規格外すぎる。第四軍をもってしても、立ち向かうことすらできまい。ただし――、

「あの男は、あれほどのステータスを持ちながらも、加減して戦うことが多い。他者を傷つけることを可能なかぎり避けているように見える」

ゼガートの笑みが深くなり、鋭い牙が口の端からのぞいた。

「その甘さこそ、儂らが付け入る隙よ」

「同感であります」

うなずくツクヨミ。

「ゼガート殿は容赦の欠片もなく、極悪非道にすべてを叩き潰す猛者であります。だからこそ、自分もフリードではなくあなたに賭けようと考えたのであります」

「ふむ。ワシが王になった暁には、お前を副官として取り立てよう。しっかりとサポート頼むぞ」

「了解であります……というか、こっちもかなりのリスクを負って協力してるんだから、それくらいの見返りは当然であります。あまり恩着せがましく言わないでほしいのであります……ぶつぶつ」

「全部聞こえているぞ、ツクヨミ」

「独り言であります」

「……ふむ、まあいい」

ツクヨミは、性格に癖があるのは事実だが、有能であることもまた事実だ。

何よりも――フリードを打倒するためには、彼の協力が不可欠だった。

「行くぞ。踏ん張ってくれているシグムンドたちのために、儂らも首尾よく作戦を成し遂げるのだ」

儂は、必ず王になる――。

かつ、かつ、と魔王城の回廊を進みながら、ゼガートはあらためて決意を胸にしていた。

一歩一歩進むたびに、その心が燃え上がる。

長い時間、ずっと準備を重ね、ようやくこの日を迎えることができた。

祖先である『真紅の獅子』ロスガート以来、ゼガートの家門からは千年以上、魔王が出ていない。

自分の代で必ず悲願を成し遂げてみせる。

そのとき、彼の魔王としての二つ名はさしずめ『金色の獅子』にでもなるのだろうか。

胸が躍る想像とともに、ゼガートの野心は最高潮に達した。

すでに王都にはジレッガにいる軍とは別の手勢を放ち、制圧を進めている。あとは幹部である魔軍長を押さえれば、文字通りの『王手』だ。

「謁見の間が近いのであります」

ツクヨミが言った。

「よし、儂が正面から行く。ツクヨミは標的を逃さないよう、目を光らせよ」

「承知、であります」

「うむ」

言ったツクヨミにうなずくと、ゼガートは足音を殺して駆け出した。

全身の筋肉が盛り上がる。その勢いで甲冑が弾け飛んだ。胸元に浮かぶ真紅の紋様は、彼が全開戦闘形態になった証しだ。

ごがあっ！

謁見の間の扉を破壊し、内部に突入する。

「ゼガート……!?」

「ジレッガにいるはずでは――」

フェリアとオリヴィエが驚いたようにこちらを見ている。

ゼガートは無言で右腕を振るった。

「きゃあっ!?」

衝撃波で二人は大きく吹き飛ばされた。

かなり手加減した一撃だった。彼女たちは戦闘タイプではないし、力を入れすぎては殺してしまいかねない。

「うう……」

うめきながら、立ち上がる女魔族たち。

「ジレッガを襲うと見せかけて、こっちを攻めてきたのね……！」

「あ、あの、謀反はよくないと思うのですが……」

キッとゼガートをにらむフェリアと、慌てふためくオリヴィエ。

精神魔術《アストラル》の達人と治癒魔術《ヒーリング》の名人――まずは彼女たちを封じ、魔王側の戦力サポートを断つ。

「ツクヨミ、封印だ」

「了解であります」

ゼガートが背後のツクヨミに命じると、彼は巨大な魔導機械とともに前へ進み出た。

巨大な檻の形をしたそれは、一種の亜空間発生装置だという。ツクヨミが錬金術の粋をこらし、作り上げたもの。一時的にとはいえ、あのジュダでさえ封じられる代物だ。

「しばらく、ここに閉じこめさせてもらうのであります」

「あたしたちが戦闘要員じゃないからって甘く見ないでよね」

フェリアがキッとした顔でにらむ。

以前は精神的に脆いところもあった彼女だが、先の勇者軍との戦いを通じて、一回り成長したらしい。この状況下でも、決してひるむ様子は見せない。

だが、だからこそ手駒として価値がある、とゼガートは考える。

フリードなどではなく、自分のもとで。

新たな魔王となった後の、このゼガートのもとで――。

(勇者を、そして神を打倒するための力になってもらうぞ)

ゼガートは内心でほくそ笑んだ。

「精神魔術《アストラル》発動――」

フェリアの全身から薄桃色の輝きがあふれた。

その輝きは空中に複雑な軌跡を描き、魔法陣を作り出す。

「夢幻の世界・幻惑の型《ナイトメアワールドミスティア》」

対象の精神に作用し、強烈な幻惑効果を引き出す魔法。

魔界で最高峰の精神魔術《アストラル》の使い手であるフェリアならば、その魔法効果は絶大なものとなる。ゼガートといえど、その虜にならない保証はない。

しかも、発動のタイミングが思った以上に速い。

「さすがに、やるな！」

ゼガートが右腕を振るった。

間一髪――。

「きゃあぁぁぁぁっ……！」

魔法が完成するより一瞬だけ早く、発生した突風がフェリアとオリヴィエをまとめて吹っ飛ばした。

彼女たちにはまだ使い道がある。自分が魔王となった暁には、引き続き魔軍長として腕を振るってもらわなければならない。

可能な限り、傷つけたくはなかった。

「ぐっ、ごほ……」

それでも壁際に叩きつけられ、かなりのダメージを負ったらしい。フェリアとオリヴィエは血を吐き出していた。

「やれ、ツクヨミ」

「封印、であります」

ツクヨミが装置のスイッチを入れた。

封印装置が輝きを発すると、フェリアとオリヴィエの体は無数の光の粒子と化し、装置の内部に吸いこまれていった。

「封印完了、であります」

と、ツクヨミ。

檻のような形をしたこの魔導装置の中は、一種の異空間になっているそうだ。

二人はその中に捕らわれ、半ば仮死状態で漂っている。こちらで解放しない限り、半永久的にこの中で眠り続けるのだ。

「後はステラだけか」

ゼガートが、ふしゅうっ、と熱い息を吐き出した。

精神魔術《アストラル》のフェリアや回復魔術のオリヴィエも貴重な戦力だが、彼がもっとも欲しているのはステラだった。

先の勇者侵攻戦で見せた、彼女の能力――。

あれは、おそらく未来すら見通し、因果律をも改変しかねない能力だ。

「奴の力を我がものにすれば、もはや儂に敵はない」

たとえ相手が史上最強の魔王であろうと。

あるいは、神であろうと――。

だが、そのステラの行方はつかめなかった。

彼女は瞳術使いの魔族『眼魔《がんま》』の中でも、飛び抜けた力を持っている。おそらく、こちらの狙いを千里眼などで察知し、いち早く難を逃れたのだろう。

「探せ」

ゼガートは部下たちに命じた。

「奴の力は重要だ。必ず生きて、儂のもとに連れてこい。あるいは行方だけでも突き止めよ」

とはいえ、焦ることはない。計画はここまで順調に推移している。

あとは、ジレッガにいる魔王のことだ。

「奴が仕留めるならそれでよし。しくじったとしても」

ゼガートがほくそ笑む。

そう、仮に奴が仕損じても、彼にはまだ真の切り札がある――。


「『クリムゾンウィップ』！」

俺の呪文とともに無数の赤い鎖が出現し、シグムンドを縛りあげた。

「くっ、動けない……」

「勝負はついた。抵抗はやめろ」

俺は冷ややかにシグムンドを見据える。

「ゼガートたちはどこにいる？　狙いはなんだ」

「狙いなど、私が言うまでもないことでしょう」

すでに覚悟を決めているのか、鳥の獣人は俺をまっすぐに見返した。

曇りのない瞳だった。

それは、ゼガートへの忠心から来るものなんだろうか。

「殺してくださいませ、魔王様」

シグムンドが頭を垂れた。

「死はもとより覚悟の上」

「殺しはしない。だがお前たちには正式な裁きを受けさせる」

「……王への反逆は死罪と決まっているでしょうに」

「最初の質問に答えろ」

俺は冷ややかに言った。

「ゼガートとツクヨミはどこだ。奴らの狙いは？」

「言うまでもない、と申したはずです。すでにあなた様も勘づいているのでは？」

シグムンドはクチバシの端を、にいっ、と笑みの形に歪めた。

「──王都か」

俺は仮面の下で眉を寄せた。

ゼガートに化けたシグムンドがいた時点で、その予感はしていた。

とはいえ、王都にはゼガートに匹敵する戦闘能力を持つリーガルを残しているし、ステラやフェリア、オリヴィエもそろっているからサポートは万全だ。
ゼガートとツクヨミの二人がかりでも、そう簡単には崩されないだろう。あとは、俺が冥帝竜《ベル》で都に戻れば――。

「申し訳ありませんが、王にはここで私の相手をしていただく」

声は、シグムンドが発したものではなかった。

立ち上る、すさまじいまでの濃密な瘴気。

まさか――、

「お前は……!?」

振り返った俺は、現れた影を呆然と見つめる。

古めかしい甲冑をまとった、髑髏の剣士。

「リーガル……!」

「フェリア魔軍長とオリヴィエ魔軍長はすでにゼガート軍の手に落ちました。ステラ魔軍長も行方知れずとか。あなたを補佐する者は、もはやおりませぬ」

「何……!?」

フェリアやオリヴィエが敵の手にあることも、ステラの行方が分からないという話も、少なからずショックだった。

「あなたには今しばらく私とともに居ていただく。その間に、ゼガートたちが王都を完全に制圧するでしょう」

「お前も、ゼガートたちに加担するということか」

「左様です」

リーガルの返事にはまったく淀みがない。迷いもない。

微塵の迷いもなく——俺に敵対しようとしている。


『あなたは魔軍長を七人そろえ、魔軍を立て直しました。「光の王」や「神の力」を得た勇者といった強敵も退けました。勇者の攻勢が激化している今……あなたは魔界を守ることができる「強き王」だと私は考えています』

『これからも、あなたの剣として働く所存』


先日のリーガルの言葉が、脳裏をよぎった。

「……あのときのお前の返事はなんだったんだ」

俺はやるせない思いで、髑髏の剣士を見つめた。

ゼガート同様に、リーガルも油断ならない男ではあった。

だが、おそらくは野心のために反乱を起こした獣帝《ギガントロア》とは違い、こいつは純粋に魔界を憂う気持ちから俺にぶつかってきたはずだ。

たとえ、俺と考えが違っても。

戦いに対するスタンスや、人間への感情は違っても。

目指すところは同じ――そう思っていた。

「俺とともに、魔界のために戦ってくれるんじゃなかったのか」

「魔界のために戦う気持ちに変わりはありません。ですが、私は――いや、俺は」

リーガルは骨を組み合わせたようなデザインの禍々しい剣を構えた。

「人間の心を宿した魔王など、認めるわけにはいかぬ！」

激しい殺意のこもった、強烈な斬撃が繰り出される。

それはまさに、奴から俺への決別を告げる一閃――。


「くうっ……」

俺は気圧されつつも、魔力の剣を生み出してその一撃を受ける。

「お前は、人の心を宿した魔王を認めない――と言った。それは人間を憎んでいるからか？」

鍔迫り合いの体勢のまま、俺はリーガルを見据えた。

「なぜ人を憎む、リーガル。魔族としての性《さが》なのか？」

「魔族が必ずしも人間を憎むとは限らない。歴代の魔王の中にさえ、人間と交流した者もいる」

リーガルは淡々と語った。

「だが俺は――人間という存在を許さない。決して相容れない。そう感じている。なぜなら――」

髑髏の眼窩《がんか》が、その奥にある赤い眼光が俺をにらむ。

「俺は、元人間だからだ」

リーガルが告げた。

「貴公と同じく、な」

「っ……！」

仮面の下で顔をこわばらせる、俺。

俺と同じく、リーガルは人間が転生した魔族ということなのか？

「ゼガートから聞いたのだ。貴公は人間から魔族に生まれ変わった、と。そして、その精神は今も人間のものだとも」

なぜ、ゼガートはそのことを知っている——。

驚く俺を、リーガルの赤い眼光が見つめた。

「俺は魔族として転生し、同時に人間を見限った。奴らは汚い。心を通じ合わせた者でさえ、利害によってはたやすく裏切る」

「裏切る？」

「数千年前、俺がまだ人間であったころ——俺は小国で英雄として称えられていた」

述懐するリーガル。

「親友と呼べるただ一人の男、リオン。彼とともに俺は無数の戦場を駆け巡った。多くの魔族と剣を交え、打ち破り、やがて俺とリオンは強大な魔軍長と戦った——」

初めて聞くリーガルの過去だった。人間だったころの彼は、勇者のような生活を送っていたのかもしれない。

「俺たちは追い詰められた。そのときリオンが俺を裏切った。生き伸びるために……俺もろとも魔軍長を爆破して」

「っ……！」

シチュエーションこそ違うが、信じていたものに裏切られた過去は、俺と同じだ。奴の苦しみや怒り、絶望を容易に想像できた。

それは、俺が愛弟子ライルに抱いた気持ちと類似しているだろうから……。

「無念の思い、憎しみや恨み……それらを抱いたまま、俺はアンデッドとして転生した。力を蓄え、やがて魔軍長になった」

ふしゅうっ、とリーガルが息を吐き出す。

「俺には、すでに人としての心などない。ただ人という存在に対する怒りや恨みは決して消えん。奴らを一匹残らず消し去る――それが魔族として戦う理由だ」

「それが、人間のすべてじゃないだろう」

「俺にはすべてだ」

リーガルは頑として譲らない。

「ゆえに、人の心を持つ魔王など断じて認めん」

「俺のもとでは戦えない、ということか」

「然り」

うなずく髑髏の剣士。

「なら、どうする気だ？　ゼガートを新たな王に祭り上げ、その下で戦うのか」

「……然り」

リーガルが軋むような声で肯定した。

「ゆえに、俺はここで貴公を斬る」

ばぐんっ！

音を立てて、リーガルの甲冑が砕け散った。骸骨の全身から紫色の炎が立ち上る。

「これは――」

すさまじい濃度の、瘴気……!?

「俺が数千年かけて錬成した怨念……それを凝縮した瘴気だ」

炎をまとった髑髏の剣士が告げた。

「確かに基本能力値《ステータス》は、貴公の方がはるかに高い。まともに戦えば、俺に勝ち目はないだろう」

リーガルの体から吹き上がる炎が、さらに熱度を増した。

まるで大気そのものを焼き尽くすような――。

まるで世界そのものを朽ちさせるような――。

紫炎の、瘴気。

「だが俺が蓄積してきたこの力なら、それを解放し、収束し、どこまでも高めていけば――一瞬だけその力をも超えられるかもしれん」

リーガルは無数の骨を組み合わせたような禍々しい剣を掲げた。奴の体を覆う炎が、その刀身へと移動する。

「ただ一度だけ、一瞬だけしか使えぬ力だ。俺はその一瞬に賭けて、貴公を斬る」

「悪いが、斬られてやるわけにはいかない。俺は王として――フリード・ラッツとして、生きる目的がある」

戦う決意は、すでにできている。

奴を斬る覚悟も。

だから、迷いを振り切って宣言した。

「王の道を阻むものは――たとえお前でも、打ち倒す」

「ならば、いざ尋常に、勝負」

そして俺たちの、最後の攻防が始まった。

「『冥王終焉斬《ハーデスブレード・エンド》』――俺の最大剣技を最高出力で貴公に放つ」

瘴気の炎に包まれた剣を手に、リーガルが疾走する。

「速い――！」

瘴気の炎は剣だけでなく、どうやら奴の背中からも噴出されているらしい。それを推進力にして、爆発的に加速したのか。

まさしく刹那で俺に肉薄した不死王《ロードアンデッド》が、上段からの渾身の斬撃を放つ。

小細工なしの真っ向勝負――。

ならば、俺も、

「『収斂型・虚空の斬撃《ヴァニティブレード》』！」

空間をも断ち切る魔力剣を発動する。

瘴気の剣と虚無の剣——俺たちの刃がぶつかり合った。

互いの想いと志を込めた、刃が。

ぎぎぎぃ、ばぢぃっ！

俺たちの剣はぶつかり合い、金属が軋むような音と火花をまき散らす。そのまま、じりじりと鍔迫り合いの体勢に移る。

「斬れない——」

俺は戸惑いを隠せなかった。空間すら切り裂く魔力剣を、奴の瘴気剣は真っ向から受け止めている。

「まさか、これは……！」

以前に『神の力』を得た勇者リアヴェルトと戦ったときと同じだ。

魔力剣の威力が『拒絶』されている。

リーガルの最大剣技はその域に達しているのか。

「数千年の蓄積が生み出した、たった一度だけの技だ」

不死王《ロードアンデッド》が静かに告げた。

「だが、その一度だけは——俺はすべてを『拒絶』し、すべてを打ち砕くことができる。たとえ最強たる貴公の魔力といえども」

「とっておき、というわけか」

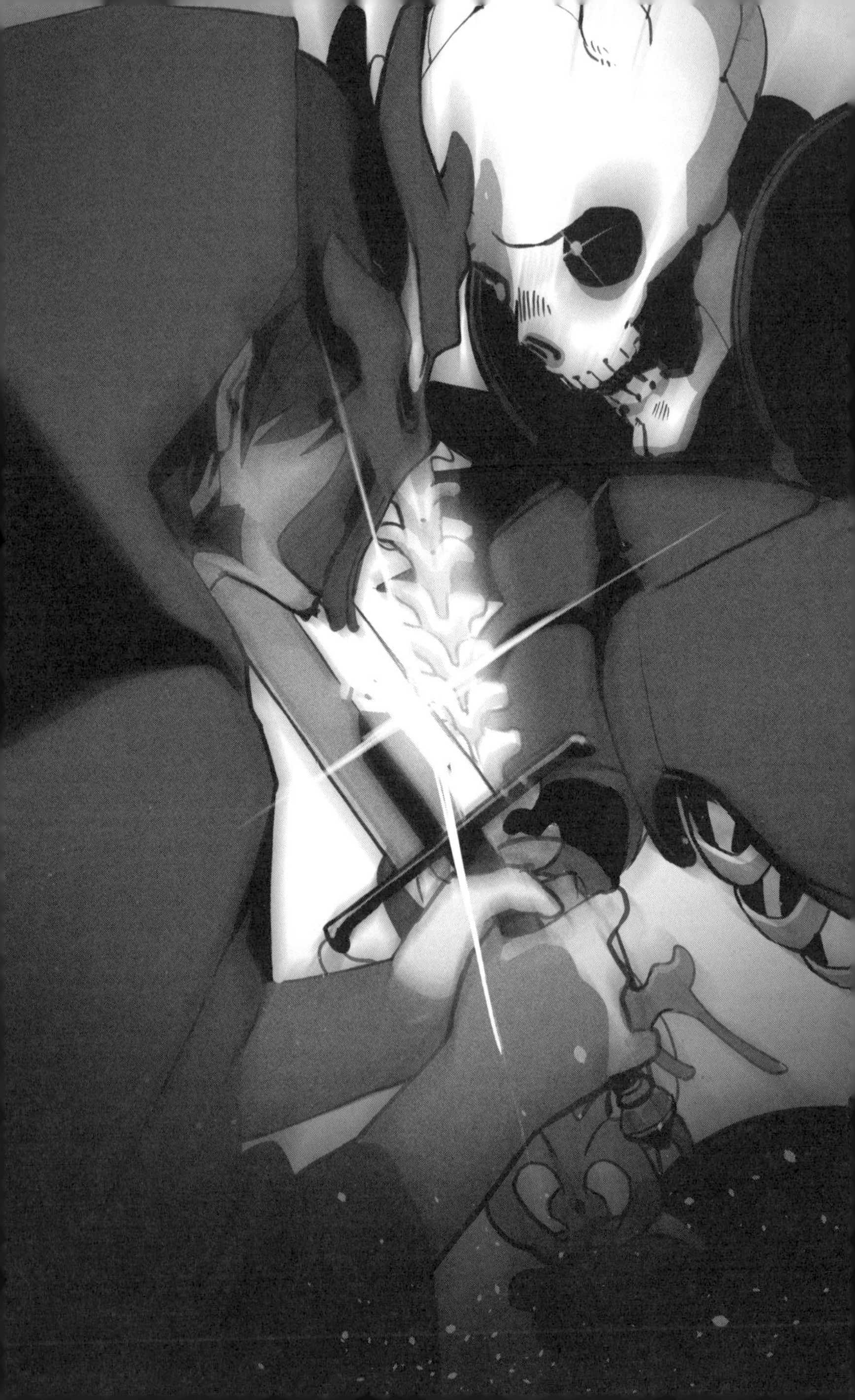

「貴公との戦いには、それだけの価値がある。そう判断しただけのこと」

じりっ、とリーガルが押す。

「っ……！」

俺の生み出した魔力の刃が大きく軋んだ。

表面に亀裂が走る。魔力そのものがすり減っていくのを感じる。

確かに、すさまじい斬撃だ。

俺の魔力を凝縮させた虚無の剣すら『拒絶』し、破壊しようとしている。

「おおおおおっ！」

気合いとともに、リーガルがさらに押しこんでくる。

このまま押し切り、俺を真っ二つにする気か。

「だが──」

俺はさらに魔力を込めた。

ヒビだらけになっていた魔力剣が、ふたたび元に戻る。

「何……!?」

「その程度で、俺の魔力を使い果たさせることはできない。譲れない意志があるのは、お前だけじゃない……！」

今度は俺が押し返した。

リーガル優勢だった鍔迫り合いが、ふたたび五分に戻る。

「なぜ押し切れん――この俺の瘴気が、怨念が、人間ごときの心になぜ押し勝てん⁉」

「俺も、お前と同じだ」

虚無の剣でリーガルの瘴気剣を受けながら、俺は静かに告げた。

互いの間で吹き荒れるエネルギー流が、魔王の仮面を粉々に砕く。露出した素顔で――人間の顔で、俺はリーガルを見つめた。

「先代魔王ユリーシャとの戦いで、もっとも信頼していた者に裏切られた。そして――死んだ」

「……何？」

「俺は、奴を恨んだ」

脳裏に浮かぶ、愛弟子ライルの笑顔。

胸の芯がズキリと痛んだ。

決別し、決着をつけたとはいえ、心の痛みが完全に癒えることなどない。

「本来なら俺もお前のように、人間すべてを憎むようになっていたかもしれない。だけど――俺の側にはステラやリリムたちがいた。魔王となり、新たに大切な者たちを得た」

一歩、俺が押しこむ。

「くっ……まだ出力が上がるというのか……⁉」

一歩、リーガルが後退する。

「大切なものを守りたい、という心が、俺の人としての心をかろうじて保ってくれた。憎しみに囚われず、仲間を信じ、想う心をつなぎとめてくれた」

もう一歩、俺が押す。

「だから俺は戦える」

さらに、一歩。

「魔界を脅かす者がいるなら――魔族《なかま》を傷つける者がいるなら、俺のすべてをもって退ける。打ち砕く」

そして俺は、最後の一歩を踏みこんだ。

「その意志を、彼女たちが与えてくれる！」

虚空の刃が、瘴気の剣を半ばから断ち切った。

「ぐ、おおおおおおっ……!?」

リーガルが大きく後退する。

「俺たちが目指すものは同じだろう、リーガル。一緒に戦うことはできないか」

「馬鹿な――」

不死王《ロードアンデッド》は呆然とうめいた。

「お前の憎しみは、それを妨げるほど大きいからか？　俺では、お前の仲間にはなれないか」

「仲間……」

「お前も、大切な魔族《なかま》だからな」

がらん、と。

リーガルの手から剣が落ちた。

刀身が半ばで折れた剣は、そのまま風化し、無数の灰となって舞い散った。

「——殺せ」

うなだれる不死王《ロードアンデッド》。

「今ので瘴気が完全に尽きた。俺はもう……戦えぬ」

「勝者は敗者を自由にしていいんだろう？　なら、今度こそ俺に忠誠を尽くせ」

「……貴公は、自身に剣を向けた者を許すのか」

「仲間だと言ったはず。他の多くの仲間を救うためにも——お前の力が必要だ」

「……甘いな」

ふう、とリーガルが息をついた。

「なら、その甘さをお前が補え」

俺はにやりと笑った。

初めて出会ったときと同じ台詞だった。

「王命だ」

「……貴公は」

リーガルが、心なしか笑ったような気がした。

ほんのかすかだけ、笑った気がした。

「いえ、あなたは——やはり甘い」

奴の台詞もまた、初めて会ったときと同じような言葉。

だけど俺たちの間で交わした心は。

きっと、あのときとは違っている――。

「結局、お前は儂ではなくフリードを選んだか」


突然、空から声が響いた。

「お前は――」

驚いて振り仰いだ俺の目に、銀色の鳥のようなものが映った。

飛行用の魔導機械か？

それに乗っていた二体の魔族が地面に降り立つ。甲冑をまとった金色の獅子の獣人。その側に付き従うのは、銀騎士型の改造生命体《ホムンクルス》だ。

ゼガートとツクヨミである。

「だが、魔王をある程度は消耗させたようだな。十分だ」

ゼガートがにやりと笑う。

「俺は……確かめたかった。フリードが王の器か、否か。今一度……」

リーガルがうめいた。

「俺はやはり……貴公ではなく、この方こそが王にふさわしいかもしれないと感じ始めた。揺らいでいるのだ」

首を左右に振る不死王《ロードアンデッド》。

「分からなく……なった」

「ならば、そこで見ておれ」

ゼガートが進み出た。牙をむき出しにして、どう猛に笑う。

「分からせてやろう。真の魔王の実力を――」

「今度はお前が俺と戦うのか、ゼガート」

俺は奴に向き直った。

「ふふ、それが仮面の下の素顔か。やはり人間そっくり――いや、人間のときと同じ顔なのだな」

ゼガートが俺を見据える。

そうか、リーガルとの戦いで仮面が壊れたままだったな。ゼガートやツクヨミにも素顔を見られてしまったか……。

「……なぜお前は、俺が元人間だと知っている」

たずねる俺。

「リーガルから聞いたのか」

「違うな。その前から、儂は知っておったよ」

ゼガートが傲然と告げた。

「人の心を持つ魔王など、儂は認めん」

……リーガルと同じようなことを。

「人の心を持ちながら、魔王の座を儂から奪った……それが憎い」

なるほど、同じ言葉でもリーガルが抱いていた思いとは全く違うわけか。

「野心と、嫉妬か」

「ああ、次の魔王は儂以外にいないと思っていた。いや、先王ユリーシャが選ばれたときも、儂は狂おしいほどに妬んだ。恨んだ。憤怒した。なぜ儂ではないのかと」

ゼガートがうなる。

「儂ならば、この魔界をもっと強くできる。そして我が名を永遠に轟かせてみせる。だというのに、先代も、今代も——なぜ儂は魔王になれん！」

獅子の瞳が俺を見つめる。暗い炎を宿した瞳だ。

「ならば奪い取るのみ！　力だ！　誰よりも強く、すべてを打ち倒し、蹂躙する力——それこそが魔界で唯一絶対のルール！」

「力ずくで来るなら相手になるぞ、ゼガート」

俺は魔力を集中した。リーガルとの戦いで消耗したのは事実だが、それでもまだまだ戦える。

「魔王様、あたしたちがお守りします！」

リリムや警備兵が走ってくる。俺はとっさにフードをかぶって顔を隠し、振り返らずに言った。

「いや、リリムたちは下がっていてくれ」

ゼガートの力は強大だ。無駄な犠牲は出したくない。

「奴は俺が倒す。魔王として、な」

「よくぞ言った！　今から儂がお前から魔王の座を奪う！」

叫んで、ゼガートが地を蹴った。

「いざ尋常に――勝負！」

獣帝《ギガントロア》の背後から長大な槍が繰り出される。

「うなれ、奇蹟兵装『グラーシーザ』！」

「なんだと!?」

奇蹟兵装――勇者だけが操ることのできる神の武具だ。

「なぜゼガートが……？」

正確には、槍は獣帝《ギガントロア》が手にしているのではなく、鎧の背部から伸びた魔道機械らしき補助腕――いわばサブアームが握っていた。

「『メテオブレード』！」

俺はとっさに炎の剣を十数本まとめて放ち、迎撃する。

「ぬるいわ！」

ゼガートの槍がすべての炎の剣をまとめて切り裂いた。

俺の『メテオブレード』は全開なら大地を焼き溶かし、切り裂くほどの威力がある。それを十数本まとめて斬り散らすとは、すさまじい威力だ。

いや、違う――これは、まさか。

「『ラグナボム』！」

俺は動揺を振り払い、上級呪文を放った。

「ぬおおおおおおおっ！」

ゼガートが咆哮とともに、槍を掲げる。

「天共鳴《ハウリング》！」

呪言とともに、その穂先から黒い輝きが弾けた。

「くっ……!?」

強烈な脱力感がこみ上げた。

「魔力が乱れる!?」

上手く『力』を放出することができない。放った魔力弾は、普段の出力に遠く及ばず、

「ぬるいと言っておる」

やはりゼガートの槍によって、斬り散らされた。

「はあ、はあ、はあ……」

俺は全身から汗を滴らせ、荒い息をついた。

なぜか、魔法の威力が極端に落ちている。

そういえば、初めてゼガートと手合せした際にも同じようなことがあった。

いや、それ以前にも覚えがある現象だ。

そう、愛弟子ライルと戦ったときと同じ──。

「確かにお前の力は強大だ。だが唯一の弱点は──この魔王剣の欠片」

ゼガートの額と胸元から黒い輝きがあふれた。

「煉獄魔王剣《ラーディス》の欠片か……!?」

それも、二つも。

「かつてお前は欠片を持った勇者との戦いにおいて、力が極端に弱まったな?」

ゼガートがにやりと笑う。

「お前自身が体内に宿している奇蹟兵装と、その勇者が持つ奇蹟兵装、そして魔王剣の欠片の相互干渉――それが、お前の魔王としての力を弱めたのだ」

「相互干渉……?」

「神の力を具現化する武器――『奇蹟兵装』。そして魔王の力を宿す祭具『煉獄魔王剣《ラーディス》』。お前の中でその二つの力が同時に高まったとき、互いの力を打ち消し合い、お前の『魔王としての魔力』は限りなく弱まっていくのであります」

と、ツクヨミ。

「歴代の魔王とは違う――元人間であり、体内に神の武具と魔王の力を同時に宿すお前だからこそ起きた現象であります」

「かつてその条件がそろったのは、奇蹟兵装と魔王剣の欠片を同時に宿していた勇者と、お前との戦いのときのみ――儂は『奴』にそう教わった。ゆえに、疑似的に同じ条件を再現すれば、お前を弱体化させることが可能だと踏んだ」

「奴……だと?」

「取引したのだ。覇道を進むために。仇敵と」

ゼガートの表情にわずかな苦みが差した。

「仇敵……」

「言う必要はない」

ゼガートが笑い、説明を続ける。

「先の戦いで勇者の一人から奇蹟兵装を奪った。さらにツクヨミの魔導技術でその勇者の腕を加工し、儂の背に移植したのだ。奇蹟兵装を操れるようにな」

つまり、ゼガートの背から生えているサブアームは、第二次勇者侵攻戦で奴が倒した勇者の腕を素材にしたもの、ということか。

だからゼガートはその腕を使って奇蹟兵装を操ることができるわけだ。

「そして欠片二つを儂の体内と奇蹟兵装にそれぞれ宿した。結果は――見ての通り。『奴』から教わった戦術は見事に功を奏した」

「奴……だと？」

「取引したのだ。覇道を進むために。仇敵と」

ゼガートの表情にわずかな苦みが差した。

「仇敵……」

「言う必要はない」

ニヤリと笑うゼガート。

「話はここまでだ。さあ、続きといこうか！」

吠えて、ゼガートが槍を繰り出す。さらに自らの爪や牙、尾も交え、多彩な攻撃を放ってくる。

俺は炎や雷の魔法で迎撃するが、いずれも簡単に吹き散らされた。威力がここまで落ちていると、呪文のランクをもっと上げるしかない。

「『破天の雷鳴《メガサンダー》』！」

最上級の雷撃呪文を放った。

空間すら灼き払う威力を持つ稲妻は、しかし、

「無駄だ！」

ゼガートの奇蹟兵装に切り払われた。すかさず奴が反撃に転じる。

「『ルシファーズシールド』！」

俺は防壁を張り、奴の攻撃をしのぎつつ後退した。その防壁もゼガートの連撃を受けて、どんどんひび割れていく。長くは持たないだろう。

「早くも防戦一方か？　お前は史上最強の魔王ではなかったのか？　くはははは！」

ゼガートが楽しげに勝ち誇った。

ぱりん、と甲高い音を立てて、防壁が完全に砕け散る。

「ちいっ……！」

俺は舌打ちまじりに、さらに後退した。

「だったら、こいつで──『収斂型・虚空の斬撃《ヴァニティブレード》』！」

俺の切り札とも言うべき魔力剣を生み出す。いや、生み出そうとした。

「発動しない――」

俺の手に出現した漆黒のエネルギー剣は、ぼやっ、という感じでかすみ、霧散してしまった。

魔力が剣の形に収束しない。

「まさか、魔力がもうほとんどなくなっているのか……!?」

まるで人間の勇者だったころに戻ったようだ。

いや、実際に今の俺のステータスは人間時代と大差ないのかもしれない。

転生し、魔王として宿った力が消えてしまっている……！

「魔力すら失ったお前など敵ではない！　さあ、散れ――そして儂に魔王の座を渡すのだ！」

ゼガートがとどめとばかりに踏みこみ、槍を繰り出す。

まずい、防ぎきれない……！

思わず身をこわばらせる、俺。

目の前に鋭い穂先が迫り――、

「っ……!?」

しかし、予想された痛みや衝撃は訪れなかった。

ぎんっ！

代わりに、腹の底に響くような音が聞こえる。

「お前……!?」

驚きの声は俺とゼガート、双方が同時に発したもの。

「……この者に刃は向けさせんぞ、ゼガート」

獣帝《ギガントロア》の槍を、横から飛び出したリーガルが剣で受け止めていた。

「リーガル、お前……!?」

俺は驚いて髑髏の剣士を見つめる。

ゼガートもまた驚きと戸惑いの表情で、

「……フリードに与するか、リーガルよ」

「分からなくなったのだ……俺には」

髑髏の剣士がうめいた。

「人間への憎しみが消えたわけではない。消えることもない。だが、この男は――」

と、俺を振り返るリーガル。

「何かが、違う。ともにいると、心が少しだけ――すでに失ったと思っていた俺の『心』が、ほんの少しだけ温かくなるような気がするのだ」

「……ふん」

「それが何なのかを確かめたい。ゆえに、今は魔王様を討たせるわけにはいかなくなった」

「随分と勝手な言い草だな、不死王《ロードアンデッド》」

ゼガートが不快げにうなる。

「言い訳はできん。だが俺は、この剣を退くこともできん」

リーガルは折れた剣を構えた。その体から、ほとんど瘴気が消えている。

冥王終焉斬《ハーデスブレード・エンド》――。

俺との戦いで、数千年溜めこんだ瘴気をほとんど使い果たしたはずだ。もはや戦う力はロクに残っていないだろう。

それでも、リーガルの闘志はまったく萎えていない。

「儂は容赦せんぞ、フリード、リーガル」

ゼガートが静かに告げ、ツクヨミに視線を向けた。

「やれ」

「『アレ』を出すのでありますか？」

「生き死にの勝負は最後まで何が起きるか分からん。切り札はここで一気に切る。このまま圧倒的な力で叩き潰す」

「稼働率はまだまだでありますが――まあ、実戦テストも兼ねて、ちょうどいいでありますな」

言って、ツクヨミが右手を掲げる。

「来い、『闇の王』」

るおおおおおおおおおおおんっ！

不気味な咆哮が響き渡る。上空から何かがゆっくりと降りてきた。

「なんだ、あれは――」

俺は呆然と空を見上げる。

黒い、竜。

全長百メートル以上はあるだろうか。魔導装甲で覆われた、機械的なデザインの巨竜だ。

「『魔想覇王《アシュタロートギア》』——神に対抗するための、魔王城防衛兵器の一つ。未完成品ではありますが」

「魔王城の防衛兵器——」

確かに先代魔王ユリーシャからの引継ぎで、その存在は教えられていた。だが、兵器の大半は太古の戦いで破壊され、今では用をなさないと聞かされていたのだ。

それが修復されていた、というのか……!?

「太古、神と始まりの魔王《ヴェルファー》との戦いで城の地下に封じこめられていたものを、自分が起動させたのであります。稼働率はせいぜい30%……といったところでありますが、しかし——」

「力を使い果たしたお前たちを葬るには十分すぎる性能だ」

ゼガートが哄笑する。

「魔王城の地下には、まだ他にも何かが眠っているのであります——おそらくは。それを思う存分に調べることができるなら——そのための知識を『かの者』から得られるなら、自分にとってゼガート殿に与する報酬は十分であります」

「知識欲、というわけか」

それが、ツクヨミが反乱に加担した理由か。

「自分は前魔軍長イザナの道具として生み出されたのであります。ですが、そのイザナは死に、今は自由——ならば、自らの意思のままに生きるのであります。すなわち」

ツクヨミの声に、初めて熱がこもった。

「研究者としての道を貫くのであります……っ」

ぎぃぃぃぃおおおおぉぉぉぉぉぉ……っ！

鉄が軋むような鳴き声とともに、巨竜が口を開く。

閃光が、視界を埋めた。

黄白色に輝くドラゴンブレスが獄炎都市を薙ぎ払う。建物がまとめて消滅し、都市の四方にある黒い火柱もまとめて吹き飛んだ。

「この威力は……！」

一瞬にして、ジレッガは廃墟と化していた。

これを勇者迎撃戦に使っていれば、もっと楽に戦えただろう。

それを使わなかったのは、なぜなのか？　当然、反乱のための秘密兵器だったからだ。たとえ勇者たちによって魔族が犠牲になっても――。

いや、今は怒りなんて後回しだ。

「リーガル！」

俺は彼の側に駆け寄り、魔力障壁の呪文を唱えた。

「『ルシファーズシールド』！」

だが発動した障壁はすぐに揺らぎ、消えてしまう。

「無駄だ無駄だ。儂だけでもお前たちを駆逐できそうだが、さらにツクヨミとこの兵器まである。逃れるすべはない――」

「――まだだ」

俺は諦めていなかった。

諦めて、たまるか。

「俺も、リーガルも、リリムたちも――生きてこの場から逃れてみせる」

「ならば、その希望ごと打ち砕いてやろう！」

ゼガートが拳を振り上げる。鋭利な爪が鋭く光る。

それを迎撃できる威力の魔法は、俺にはもう撃てそうになかった。

「させない！　魔王様はあたしたちが守る！」

飛び出してきたのはリリムたち警備兵だ。

「よせ、お前たちじゃ確実に殺される！」

俺は彼女たちのさらに前へ出ようと、駆け出し、

「『アイスブラスト』！」

突然、氷の魔法が後方から飛んできた。

「むっ⁉」

上級の氷結魔法を不意打ちで食らい、後退するゼガート。さすがに今の一撃では倒せないものの、
多少のダメージは受けたようだ。

「魔王様、ご無事ですか！」

背後から走り寄る者がいた。この声は——、

「ステラ！」

黒衣をまとった銀髪の美しい少女が、俺のもとに駆け寄った。

「ゼガートの手から逃れていたため、駆けつけるのが遅れました。申し訳ありません」

俺に頭を下げるステラ。それから短く呪言を唱え、新たな仮面を作って俺の顔につけてくれた。

「いや、助かった」

「ここに来る途中、状況は千里眼で把握しました」

と、ステラ。

「今は退くべきときかと」

——やれるか？

——お任せを。

俺はステラと短いアイコンタクトを交わした。

「今の一撃には驚かされたが、しょせんは不意打ち」

ゼガートが俺とステラをにらむ。

「いくら優れた瞳術があろうと、お前は基本的に支援タイプ。戦闘タイプである儂の敵ではない」

「どうかな」

魔神眼《ヴィジョン》の少女は、冷然と獣帝《ギガントロア》を見据えた。

「戦いは力だけでは決まらない。もっとも——お前のような脳筋には理解できないか？」

「安い挑発を」

うなりながら、ゼガートはゆっくりと近づいてくる。

俺はもう一度、ステラを見た。

この『仕掛け』は、タイミングが命だ。俺と彼女の呼吸を合わせる必要がある——。

あらためて、俺は現有戦力を分析した。

まず、俺。

ゼガートの仕掛けによって魔力はほとんど尽きている。今の俺の魔法攻撃力では、奴に大したダメージは与えられないだろう。

次に、リーガル。

完全に味方になったとは言い難いが、少なくとも俺を守ってくれている。

だが、奴もさっきの俺との戦いでかなり消耗しているはずだ。

アンデッド系魔族のエネルギー源ともいうべき瘴気をほとんど使い果たしているし、ゼガートやツクヨミに立ち向かえるほどの力は残っていないだろう。

リリムや警備兵たちに関しては、魔軍長クラスに対抗するのはさすがに無理だ。

ならば——最後は、ステラ。

彼女は万全のようだ。その力は瞳術と魔法。攻撃魔法は俺やジュダには当然及ばないものの、上位魔族クラスの力はある。

もちろんゼガートやツクヨミを撃破するほどの力はないだろうが、牽制には十分だし、隙を突けば倒すチャンスだってある。

後はそれらの手札を組み合わせて、この状況を打破することだ。

――やるぞ、ステラ。

俺は視線で合図を送る。こくん、と彼女の瞳がうなずいた。

「来い、『煉獄魔王剣《ラーディス》』！」

俺は魔王の剣を呼び出した。

闇を溶かしこんだような漆黒の刀身に、優美な黄金の鍔《つば》と柄。その刀身には亀裂がいくつも走り、刃こぼれも全部で六つある。

普段、近接戦闘では魔力剣を使うことがほとんどだが、今はその魔力すら尽きかけている。こいつを得物にして戦うしかない。

「ふん、その剣もすぐに我がものになる」

両手の爪を剣のように掲げるゼガート。

「――いくぞ」

俺は魔王剣を中段に構え、低い姿勢から突進した。人間のときに使っていた『ザイラス流剣術』の基本動作。

「接近戦で儂に挑むなど、千年早いわ！」

吠えて、ゼガートが両腕の爪を振り下ろす。

速い――！

やはり白兵戦闘では、身体能力に長けた獣人魔族である奴の方が上か。

「くっ……」

俺は剣を旋回させ、ゼガートの爪撃を弾きながら後退する。

「逃がさん」

すかさずゼガートが間合いを詰めてきた。

「『ファイア』！」

「効かぬわ！」

俺が放った火球は、獣帝《ギガントロア》の一喝だけで消滅する。牽制にすら、ならない。

「魔王様、あたしたちも――」

「ゼガート、覚悟！」

リリムたちが、さらにリーガルまでが突っこんできた。

「いくら集まっても無駄だ！」

ゼガートが吠えた。その雄叫びが衝撃波となり、リリムたちをまとめて吹き飛ばす。

「『闇の王』、フリードを攻撃するのであります！」

さらに、ツクヨミが魔想覇王《アシュタロートギア》に追撃を命じる。

ぎぎ……ぃ……！

だが一瞬、その動きが鈍る。

黒い巨竜は戸惑ったように体を左右にくねらせた。

「故障か？　まあいい。前魔王のとどめは兵器ではなく、儂がくれてやる」

俺の方を振り返る獣帝《ギガントロア》。

「これは……!?」

そこで、ゼガートが戸惑いの声を上げた。

消滅した火球がふたたび出現し、数十倍の大きさになって奴に襲いかかったのだ。

「魔王の魔力を、甘く見るなよ」

ニヤリと笑う俺。

「ちいっ、まだこれほどの力を……！」

驚いたように後退するゼガート。

ごおおおおおおおっ……！

次の瞬間、轟音とともに火球が弾けた。


「消えた……!?」

ゼガートは周囲を見回した。

すでにフリードも、ステラやリーガル、警備兵たちの姿もない。逃げられたようだ。

「……ふん。総攻撃と見せかけて、最初から幻術で儂を惑わせて逃げる算段だったか」

ゼガートは小さく鼻を鳴らした。

とはいえ、それもある程度の想定はしていた。

「逃げたければ逃げればよい。儂は魔王城に戻り、『アレ』を得るための準備を続けるだけだ」

「自分もやるであります」

「ああ、お前の手助けがなければ、『あの力』を得ることはできん。頼むぞ」

ここからが、本番だ。

「儂は神の手駒になどならん。最後には奴を出し抜き、すべての世界を支配する王となってみせよう
——」


「はあ、はあ、はあ……」

ステラは荒い息をついていた。

「大丈夫か、ステラ」

——ここはジレッガの町はずれにある森の中だ。

あの後、ゼガートやツクヨミから逃れた俺たちはここまでたどり着き、身を潜めていた。

「やはり、今の私には——まだ『黙示録の眼《アポカリプスノート》』を自在に操るのは、荷が重いようです」

顔中に汗の珠が浮かんでいる。怜悧な美貌は青ざめていた。

相当の魔力や体力を消耗したに違いない。

「すまない」

俺は深々と頭を下げた。

彼女の瞳術が生み出した幻影、そして『黙示録の眼《アポカリプスノート》』によるゼガートたちの反応予測がなければ、ここまで上手く逃げられなかっただろう。

「何をおっしゃいますか。あなたを守るためなら、私は命を懸けます」

「あたしたちだって」

リリムが力強く言った。

「無事でよかったです、魔王様。それに……その、リーガル様も」

「大丈夫だ。少なくとも敵じゃない。今のところは」

どこか不安げなリリムや警備兵たちに、俺は小さく笑った。

◆

ゼガートとツクヨミが率いる反乱軍は、ジレッガから王都へと進軍した。

「さあ、我が精鋭たちよ。存分に暴れよ」

ゼガートが、配下で生き残った獣人魔族たちに号令をかける。

「我が命に従え。魔の兵器たち」

ツクヨミが、配下の魔導兵器群に加え、魔王城地下から発掘した魔想覇王《アシュタロートギア》を操る。

獣人と兵器の混成軍は、王都内へ一気に押し入った。

すでに魔王も他の魔軍長も、軒並み捕らえるか、撃退している。残るは烏合の衆だ。精強を誇るゼガートの軍やそれを補佐するツクヨミの軍を止められるはずもない。

一方的な破壊と暴力が駆け巡った。

悲鳴と恐怖の声があちこちで響く。

もっとも、ゼガートとて王都を滅ぼすつもりなどなかった。

晴れて魔王になった暁には、自分がここを治めるのだ。あくまでも示威程度にとどめなければならない。

「だからといって、遠慮するつもりもない」

ゼガートが王座についたとき、民が彼を畏怖するように。民が彼を讃えるように。

絶対的な力を示す必要がある――。

「さあ、恐れよ！　そして崇めよ！　我こそは新たなる魔王ゼガートである！」

黄金の獅子の宣言が、朗々と響き渡った。


「――駄目だ、魔力が湧いてこない」

俺はため息をついた。

時間をおけば回復するかもしれないが、そう長くは待てない。ゼガートたちが追撃してくるだろうし、何よりも王都をあのままにはしておけない。

俺は王都の方角を見た。

無数の炎と黒煙が立ち上っている。ゼガート軍が暴れ回っている証拠だ。

どれだけの破壊が行われているのか。どれだけの民が傷つけられているのか。

想像するだけで、心がえぐられるように痛む。

奴とて、王都を壊滅させたりはしないはずだが、ある程度の力は示すつもりなんだろう。それで、魔界の民が多少犠牲になったところで——おそらく気に掛けることはない。

ゼガートは、そういう男だ。

「止めないと……！」

俺は耐えきれずに立ち上がった。

「でも、魔王様はいつもの力が使えないんでしょう？　それでは勝ち目が、その……」

言いづらそうな様子を見せながら、リリムが俺の前に立ちはだかる。

「あたしは警備隊長として、魔王様を勝算のない戦いに行かせたくありません」

めったに見せない、彼女の厳しい顔。

俺を思いやる、顔。

「いえ、行かせません！　だから止めてみせます。それがあたしの務めです！」

「私も同じです、魔王様」

ステラが進み出た。

「もちろん、王都は気になります。ゼガートやツクヨミの反乱は許しがたい行為です。それでも――今は耐えるときかと」

「耐えて、反撃の機会を待つべき……か」

分かっている。頭では分かっているんだ。

だけど、ゼガートたちの軍によって王都が蹂躙されていることを思うと、居ても立ってもいられない気持ちになる。

「一つ、考えている戦法がある」

俺はステラとリリムを――そしてリーガルにも視線を向けた。

「ただし、お前たちの協力が必要だ。ステラ、リリム、リーガル」

苦い思いで付け加える。

「かなりの危険を伴うはずだ」

だが、その危険を乗り越えた先にしか勝利はない。三人の力と俺の力、そして煉獄魔王剣《ラーディス》の持つ『特性』――それらを組み合わせれば、万に一つの勝機がある。

「魔王様の命令とあらば、この身と命を捧げましょう」

「あたしもがんばりますっ」

恭しく告げるステラと、元気よく叫ぶリリム。

「……私も、ですか」

リーガルが俺を見つめた。

紅の眼光には、わずかに戸惑いの様子が見える。

「あなたを裏切った私を、信じるというのですか？」

「むしろ裏切りの贖罪だと考えたらどうだ、リーガル？」

俺は奴を静かに見据えた。

「この絶体絶命の窮地――もしも俺の戦いに貢献したなら、反乱の罪を減じることを考えよう」

「あなたという方は……」

リーガルが小さく息をつく。

まあ半分冗談だが、少しは張りつめた雰囲気も和らいだだろう。

「今回の作戦ではお前の力が必要だ、リーガル。魔力をほとんど失った俺は攻撃力が激減している。ステラは直接攻撃タイプじゃないし、リリムたちにしても同じ。白兵戦に長けたお前が加わってくれなければ、ゼガート打倒は成り立たない」

俺はあらためて髑髏の剣士を見つめた。

「俺に力を貸せ、リーガル魔軍長。魔王としての命令だ」

「ふう」

ゼガートは玉座に深々と腰をかけ、熱い息を吐き出した。

魔王の座は、何度座っても最高の心地だ。

「ようやくここまで来ることができた」

ゼガートは今までの道のりを思い返した。

魔王城の地下には、太古の戦いで魔王ヴェルファーが神から奪い取った『力』が眠っているという。

絶大にして絶対なる力。先の戦いで勇者リアヴェルトが手に入れたのは、その一部だ。

だが、欠片ほどの力でも、魔王フリードの魔法を『拒絶』し、渡り合えるほどの威力を発揮した。

もしも、そのすべてを手に入れたなら、どれほどの強さを得られるか——。

ただし、その力は極めて不安定であり、魔の属性を持つ者がうかつに触れれば、消滅は免れないようだ。ゼガートとツクヨミは魔王城の深奥を調査し、その『力』を慎重に研究した。そして、神と交信するすべを得たのだ。

——『力』を渡せ。それはもともと我のものである。

神はゼガートたちにそうメッセージを送ってきた。

代わりに、魔王打倒のための方策を授ける、と。

つまり、取引だ。

神は力を取り戻し、ゼガートは新たな魔王の座を得ることができる。

危険な賭けではあったが、彼はそれに乗った。そして神からいくつもの有用な情報を教わった。
・フリードが元人間であること。
・神や魔族ですら超えられない『因果律』という理《ルール》を、なぜか彼だけは超えてしまい、絶大な魔力と能力値《ステータス》を得ていること。
・ただし、元人間という特性から『攻略法』が存在すること。
・その攻略法とは、魔王剣の欠片と奇蹟兵装を併用した戦術であること。
——などである。

そして、その戦術通りにフリードを追い詰めたのだ。

「ここまでは上手くいった。問題は、この先——」

「取引通りに『力』を渡せば、間違いなく神は魔界を滅ぼすのであります」

玉座のかたわらでツクヨミが言った。

「いちおう協定を結んではいるが、な」

うなずくゼガート。

魔界が人間界を不当に侵さないなら、魔族の存続を認める、と。不倶戴天の敵である魔族に取り引きを持ち出すほどに——神は、それだけ失われた力に執着しているのだ。

神が取り引きをすぐに反故にする可能性は、おそらく低い。

力を取り戻した後も、神が自身にそれをなじませるには時間がかかる……らしいからだ。

「すぐに魔界へ攻撃を仕掛けてくることはない、と考えるのが妥当でありますな」

「ああ。もちろん、先のことは分からん」

実際、神の約束は方便だろう。いずれ力を取り戻せば、魔界を滅ぼしにかかるはずだ。

「だが、時間さえ稼げればいい」

うなるゼガート。

「その間に魔王城地下に眠る防衛兵器を修理し、天軍を迎撃する態勢を整えるのだ」

そしてゼガート自身も——必ず神を凌ぐ力を身に付けてみせる。

いわば、この協定は神とゼガート陣営が互いにさらに力をつけ、いずれは雌雄を決する——というのが既定路線。

フリードは互いにとって害にはなっても益にはならない。

ゆえに互いの利が一致し、力を合わせて排除する——というのが大枠である。

「ゼガート様、緊急事態です！」

と、謁見の間に獣人系の魔族が入ってきた。

「なんだ？」

「そ、その、魔王様——いえ、フリード一行が……ぐあっ⁉」

爆発とともに、その魔族は吹き飛ばされた。床に叩きつけられ、気絶してしまう。

「敵襲か」

ゼガートは玉座から立ち上がった。

かつ、かつ、と甲高い足音とともに黒いローブをまとった人影が、続けて銀髪の美しい少女や赤い髪の少女戦士、そして髑髏の剣士が現れる。

「儂に挑みに来たか。魔王である、この儂に」

「お前に王位を譲った覚えはないぞ、ゼガート」

先頭に立つ仮面の男――フリードが静かに告げた。

「魔王の名において、お前を討つ」

俺はゼガートをまっすぐに見据えた。

「ふん、儂を討つ――か？」

うなる獣帝《ギガントロア》。

いや、奴自身はすでに新魔王のつもりだろう。

「今のお前が儂に勝てると思うのか？」

「勝てるかどうかじゃない。勝つ」

傲然と腕組みするゼガートに言い放つ。

「必ず――」

王として、仲間を守るために。魔界を守るために。

絶対に負けられない一戦だ。

「ステラ、リリム、リーガル。打ち合わせ通りに頼む」

背後の三人に告げた。

他の警備兵たちは別の場所で待機させていた。

大人数でかかったところで、ゼガートの戦闘能力は並の魔族とは次元が違いすぎる。いたずらに犠牲を増やすくらいなら、この場にいないほうがいい。

歴代最強の魔力が大幅に弱体化している今、頼みはこの三人との連携だ。

「承知」

リーガルが俺の側に並び、骨を組み合わせたようなデザインの剣を構える。

「私が奴の動きを読みます。魔王様はそれに合わせてください。リーガル、リリムもだ」

と、ステラ。

「あたしもがんばります〜！」

リリムが元気よく叫ぶ。

「打ち合わせは済んだか？　数をそろえたところで、この魔王ゼガートは倒せんぞ」

「どうかな？」

「俺たちの力を甘く見るな、ゼガート」

うなる獅子の獣人に、俺とリーガルが突進した。

「天共鳴《ハウリング》！」

すかさずゼガートが俺の魔力を弱体化させた。

「この術式があるかぎり——お前など儂の敵ではない！」

吠える獣帝《ギガントロア》。

「全開戦闘モードで思い知らせてやろう。儂こそが魔界に君臨する王であることを！　王の力を！」

ばぐん、と体を覆う甲冑が割れ、胸元に血のような赤い紋様が浮かび上がった。

「があああああああああああああああああああああああああっ！」

大気を震わせる咆哮。

同時に、ゼガートの全身の筋肉が大きく盛り上がる。

獣人系の身体能力を限界まで――いや、限界を超えて引き出したのか!?

「さあ、砕け散れ！　先代魔王よ！」

剣のように長く伸びた左右の爪が振り下ろされる。

まともに受ければ、膂力の差で押し切られる――。

「『ファイア』！」

俺はとっさに火炎呪文を唱えた。

といっても、ゼガートを攻撃するためじゃない。

俺が狙ったのは足元の地面。爆発を起こし、それを推進力に大きくバックステップする。

「むっ……!?」

戸惑ったように、一瞬動きを止めるゼガート。

その一瞬の隙を突き、

「ゼガート、覚悟！」

背後からリーガルが斬りかかった。

「遅い！」

超速反応で振り返ったゼガートが迎撃の回し蹴りを食らわせる。

「ぐおっ……」

髑髏の剣士は胴体部を砕かれ、大きく吹き飛ばされた。

なんとか踏みとどまったリーガルに、ゼガートが追撃をかける。爪が、牙が、尾が、体当たりが、頭突きが、腕や足が──。

体のあらゆる部位を使った、流れるような連撃。

魔族の知性と獣の膂力、反射神経が合わさった怒涛の攻め。

「ちいいっ……」

不死王《ロードアンデッド》は鎧や体の各部を砕かれながら、さらに吹き飛ばされる。

リーガルが白兵戦で押し切られるとは……獣帝《ギガントロア》の身体能力は想像以上だ。

「自分を忘れてもらっては困るのであります。まったく、接近戦しか能がない脳筋ばかり……ぶつぶつ」

ツクヨミが後方から不満げにつぶやく。

その頭上で黒い巨竜が羽ばたいた。

魔王城地下に眠っていた防衛兵器──『闇の王』。おそらくはかつて戦った天軍最強兵器の『天想覇王《ディヴァインギア》』に匹敵する性能を持つであろうそれが、ごうっ！

強烈なドラゴンブレスを吐き出す。

「『ルーンシールド』！」

ステラが防御呪文を唱えた。

魔力攻撃を弾く障壁は、しかし、あっさりと散らされる。

「ここはあたしが～！」

すかさずリリムがスライム形態になり、ブレスを包みこんだ。

ステラの防御魔法で威力を減じていたブレスを、かろうじて相殺する。

「きゃあっ……」

だが、それが限界だ。リリムとて警備隊長を務める上位魔族ではあるが、相手が悪すぎる。ブレスの威力で大きく吹き飛ばされ、地面に叩きつけられた。

「うう、やっぱり痛い～」

スライム体から人間体に戻ったリリムが顔をしかめる。

「よく防いでくれた」

俺はリリムをねぎらった。

「たった一撃でそのザマ。もはや勝負は見えたのであります」

ツクヨミがこちらを見た。

「次はもう防げないのであります」

「……だろうな」

実際、もう一撃食らったらリリムやステラの防御を突き破られ、俺たちは全員薙ぎ払われるだろう。

かといって、敵の懐に飛びこんでも、近接戦最強のゼガートが待ち構えている。

「文字通りの王手《チェック》だ、先代魔王」

ゼガートが笑う。

『——フリード様、準備ができました』

ふいに、頭の中にステラの声が響いた。念話だ。

俺の左手の指には彼女の髪を数本巻きつけてある。それを媒介にして、心の声で通信する——

四天聖剣《セイクリッドエッジ》リアヴェルトとの戦いでも使った戦法だった。

『いけるか？』

『魔王様たちが時間を稼いでくれたおかげで、すべて読み切りました』

と、ステラ。

『じゃあ、頼む。リーガル、リリム。打ち合わせ通りに』

『承知した』

『了解です～』

同じようにステラの髪を手に巻いているリーガルとリリムが、心の声で返事をする。

さあ、獣帝攻略戦《ギガントロア》の仕上げだ——。

『今からゼガートの未来の動きを伝えます。魔王様はそれに応じて動いてください。リーガルも、いけるか?』

『分かった』

『承知した、ステラ魔軍長』

ステラの声に、念話を返す俺とリーガル。

『では伝えます。まずゼガートは――』

ステラが獣帝《ギガントロア》の未来の行動を事細かに伝えてくれた。

俺とリーガルはそれを聞き終えてから、前に進み出る。

「まとめて砕け散れ!」

獣帝《ギガントロア》の爪が、牙が、尾が、怒涛の勢いで繰り出された。

俺とリーガルは剣を振るい、それらの連撃を凌ぐ。近接戦闘能力では相手が上だが、あらかじめどう攻撃してくるかが分かっていれば、なんとか対応できた。

「『アイシクルブラスト』!」

その間隙をぬって、ステラが氷系の上級魔法を放つ。狙いは、ゼガートの背中から生えたサブアームだ。だが、

「この魔導腕は対魔法防御装甲を何層も張っている。無駄だ!」

あっさりと弾かれてしまう。さすがに、そう簡単には攻略できないか。

「やれ、ツクヨミ!」

「了解であります――『闇の王』、奴らを薙ぎ払うのであります」

ゼガートの命を受け、ツクヨミが魔想覇王《アシュタロートギア》に指示を送る。

その、瞬間。

「薙ぎ払う相手は俺たちじゃない。ゼガートとツクヨミだ」

俺は煉獄魔王剣《ラーディス》を掲げた。

「何――!?」

ゼガートとツクヨミの戸惑いの声。

「やれ、『闇の王』」

黒い巨竜は俺の命令に従い、二人に対してブレスを浴びせた――。

先の戦いで、ツクヨミは『闇の王』に俺を攻撃させようとした。だが、『闇の王』は戸惑ったように動きを止めていた。

あれは、煉獄魔王剣《ラーディス》が理由だった。

かつて俺は先王ユリーシャに教わった。

始まりの魔王《ツェルファー》から歴代魔王に受け継がれてきた剣。それは魔王の象徴であり、すべての魔軍を服従させる力を持つという。

そう、『すべての魔軍』だ。

ゼガートのように強靭な意志を持つ者なら、その効果を跳ねのけることもできるようだが――純然たる魔導兵器に過ぎない『闇の王』には効果てきめんだった。

要は――『闇の王』の命令優先権は、煉獄魔王剣《ラーディス》の所持者である俺にあるということ。

だから今、『闇の王』はゼガートたちの命令ではなく、俺の命令に従い、奴らを攻撃した。

この不意打ちで、ゼガートの虚を衝く。

俺たちは最初からそこに賭けていた。

彼我の戦力差を逆転するための秘策に――。

「お、おのれ……っ」

巨竜のドラゴンブレスをまともに食らい、それでもゼガートは立っていた。

だが、さすがにダメージを受けたようだ。全身から白煙を上げ、あちこち裂けた皮膚から血を流している。

「ゼガート！」

リーガルが咆哮とともに突進し、斬撃を繰り出した。

「くっ、この……っ！」

獣帝《ギガントロア》も反撃するものの、その動きは確実に鈍くなっている。

それでも――ゼガートは恐るべき膂力でリーガルを押し返そうとした。

「いくらダメージを受けようが、今のお前などに――むっ⁉」

「あたしもいます～！」

と、スライムに変化したリリムがゼガートの足元にまとわりつき、動きを封じる。

「お、おのれ……っ」

動きが止まった獣帝《ギガントロア》に――その背から生えるサブアームに向けて、俺は懐から抜いた銃を構えた。

「さっきの言葉をそのまま返す。王手《チェック》だ、ゼガート」

引き金を、引く。

ごうんっ！

「『アクセラレーション』！」

弾丸を発射した轟音と、ステラの呪文が重なった。

その呪文によって加速し、威力を倍加された弾丸が、ゼガートの魔導腕を打ち砕く。

「サブアームが……!?」

ゼガートが愕然とうめいた。

「魔法には強くても、物理にはそこまででもなかったらしいな」

これも、ステラの『黙示録の眼《アポカリプスノート》』が見抜いた情報だ。

彼女はツクヨミがサブアームを作成した『過去』を見て、その弱点を把握した。

俺の本来の力やジュダ級の魔力ならともかく、上位魔族クラスでも壊せないほどの魔法防御装甲。

だが反面、物理防御はそれほど高くない。

もちろん、ゼガートも簡単にサブアームを砕かせるような隙は見せないだろう。

だから俺たちで連携攻撃してギリギリまで奴の注意力を削った。

そして、待った。一瞬の隙ができるのを。

「——戻った！」

全身が燃えるように熱くなった。

奴の手から奇蹟兵装が離れたことで、弱体化していた俺の魔力は復活したのだ。

「力と策略に頼るのがお前の『王の力』なら、俺の『王の力』はこれだ」

右手を突き出す。

収斂型・虚空の斬撃《ヴァニティブレード》。

黒紫に輝く魔力刃がそこに生まれた。

「仲間とともに生み出す、絆の力――」

「甘い……どこまでも、反吐が出るほどに」

ゼガートが吐き捨てる。

「甘いと言うなら、言えばいい。俺はこの絆で、お前の野望を断つ！」

突き出した虚無の剣が、獣帝《ギガントロア》の胸を貫いた。

「ぐぉぉぉっ……お、おの……れ……」

ゼガートは苦鳴とともに大きく吹き飛ぶ。

「はあ、はあ、はあ……」

大量の血を流しながら、それでもゼガートは生きていた。よろよろと立ち上がる。

さすがは獣帝《ギガントロア》。すさまじいまでの生命力だ。

だが――もはや再逆転はない。

奴のサブアームを砕き、奇蹟兵装を使えなくしたことで、俺の魔力を弱体化した戦術は使用不能になった。

魔王剣の欠片だけでは、俺には影響がない。あくまでも、欠片と奇蹟兵装の併用でなければ効果がないのだ。

そして、本来の力を取り戻した俺にとって、いかに獣帝《ギガントロア》といえども敵ではない。

「なぜ、儂が負ける……お前のような甘い奴に」

ゼガートは、ごぼり、と口から血の塊を吐き出した。

「元人間ごときに……誇りある魔族である儂が。魔王を輩出したこともある、栄誉ある一族に生まれたこの儂が――」

よろめきながら、獣帝《ギガントロア》はなおも牙や爪で攻撃してきた。

「……もう、よせ」

それらの攻撃はいずれも哀れなほどに弱々しい。俺は軽く魔力障壁を張って受け止めた。

「なぜだ……！　なぜだぁぁっ……」

「ゼガート……」

「魔王にふさわしいのは儂だ……お前などではない……！」

突進してくる獣帝《ギガントロア》を、俺は下級魔法を放って吹き飛ばした。

「がはっ……」

床に叩きつけられ、うめきながら、なおも立ち上がるゼガート。

と、背後に控えるツクヨミのほうを振り返った。

「ツクヨミ、あれを爆破しろ！」

「――ゼガート殿」

銀騎士の改造生命体《ホムンクルス》が冷然と獣帝《ギガントロア》を見返す。

『あれ』とは結界装置でありますか？　ジュダ、フェリア、オリヴィエの三魔軍長を捕らえたままでありますが」

「……人質のつもりか」

俺はハッと顔をこわばらせた。

「ふん、この期に及んでそんな真似をするものか」

ゼガートが吐き捨てる。

「命令だ！　魔王ゼガートの命が聞けぬか！」

絶叫する。

今のゼガートは、戦況を逆転されたことで自暴自棄になっている可能性がある。

人質作戦などしないと今言っていたが、それが真実である保証はない。

俺はツクヨミの動きを注視した。結界装置を爆破して、捕らえたジュダたちを殺すつもりなら、その前に俺が奴を止める――。

だが、ツクヨミは動かなかった。

「……ふう」

ツクヨミは改造生命体《ホムンクルス》らしからぬ、物憂げなため息をゼガートに返す。

「もう勝負はついたのであります」

「なんだと……!?」

「自分たちが勝てる可能性は、魔王フリードの弱体化のみ。ですが、その戦術は崩されたのであります。もはや逆転は不可能」

「ツクヨミ、お前――」

驚きに目を見開いたゼガートは、すぐに跳び下がった。

「……ふん、屈辱的な死罰など受けてたまるか！　儂は、自分の命のケリは自分でつける！」

言うなり、謁見の間の奥へと走っていく。

「逃がすか！」

それを追う俺とリーガル、ステラ、リリム。

奥の間には巨大な装置があった。巨大な檻の形をした魔導装置。

「まさか、それが――」

「ツクヨミが作った封印装置だ。儂らが捕らえたジュダやフェリア、オリヴィエを収監している」

と、ゼガートが装置に向かって手を伸ばす。

やはり、ジュダたちを人質代わりに俺を脅す気か――。

「やめろ！」

思わず叫ぶ俺に、ゼガートはニヤリと振り返った。

「人質などもはや不要！　お前に返してやろう！」

装置が展開し、内部の亜空間に閉じこめられていたらしいフェリア、オリヴィエ、そしてジュダが現れた。

「ふう、ひどい目に遭ったね」

「あ、外に出られました」

「魔王様が助けに来てくれたの？　ふふ、嬉しい」

三人が俺たちを見て、微笑む。

てっきり人質を取るのかと思ったら――。

「深読みするな。確実に死ぬために――こいつを使うだけのことだ」

ゼガートが鼻を鳴らした。

「この封印装置の中心部には亜空間を生み出すための膨大な魔力が溜めこんである。それを強制的に暴走、爆破すれば――」

「ゼガート、お前……！」

「何しろ、儂の体は頑丈だからな。ちょっとやそっとでは死ねぬ」

ゼガートが笑った。血に染まった、凄絶な笑みだった。

「我が野望が成らなかった以上、生き恥をさらすつもりはない」

そう言って、ゼガートは装置に向かって腕を振り上げる。

「巻き添えを食いたくなければ、離れていろ」

「やめろ、ゼガート！」

俺は反射的に駆け出した。

奴が反乱を起こした大逆人だとしても――。

いや大逆人だからこそ、自爆なんてさせない。裁きを受けてもらう。

王として、俺がお前を裁く。

「さらば、我が野望！　そして我が生よ！」

が、一瞬間に合わず、ゼガートの爪が装置に食いこむ。

次の瞬間、まばゆい火花とともに装置が大爆発を起こした。


気がつけば、俺は虹色のモヤの中にいた。

「どこだ……ここは……!?」

城の中ではなさそうだ。異空間――だろうか。

「誰かいないか……？」

呼びかけてみるが、返事はない。

探知魔法の『サーチ』を使ってみたが、敵も味方も――生物の反応が何もない。

「とりあえず進むしかないか……」

数十分ほど歩くと、やがてモヤが晴れ、荒涼とした大地が現れた。

太陽がなく、空一面に暗雲が広がっている。魔界であることは間違いなさそうだが……。

「きゃあっ……!?」

可愛らしい悲鳴が上から聞こえた。見上げると同時に、誰かが俺に覆いかぶさる。

むぎゅぅぅっ。柔らかな感触が顔に押しつけられる。

「ひあ、んっ……!?」

「この声は——ステラ?」

ということは、この柔らかくて弾力があるものは、彼女の胸——。

「き、きゃぁぁぁっ!?　もももも申し訳ありませんっ！　なんというご無礼をっ！」

ステラがふたたび悲鳴を上げた。

「た、た、大変失礼いたしました……でも、よかったです。ご無事だったのですね」

「お前も無事で何よりだ」

微笑みあう俺たち。

「ここがどこか分かるか、ステラ?」

「私の『眼』で見てみますね」

ステラの額に第三の瞳が開いた。

「っ……!?　す、すさまじい魔力が……信じられません、フリード様以外にこれほどの力を持つ魔族がいるなんて……！」

はあ、はあ、と荒い息をついて、その場にしゃがみこむステラ。

「大丈夫か!?」

「探知しただけで、私にまでフィードバックが……魔力が強烈すぎてダメージを……くっ、うう……」

俺はステラを抱き寄せた。

「しばらく休め。探知は後でいい」

「……お役にたてず、申し訳ありません」

「お前の体のほうが大事だ。無理をさせて悪かった」

「フリード様……」

ステラは俺の胸元に顔をうずめ、小さく息をついた。


「先ほど感じた魔力は、レベル3000台——歴代の魔王クラスと比べても、突出した数値でした」

一時間ほど経ち、回復したステラが説明した。

「フリード様がレベル4000台の後半ですから、それには及びません。ですが、一般的な魔族の常識からは考えられないほどの高レベルですね」

確か、以前にフェリアの夢の中で出会った過去の魔王たち——ヴリゼーラやエストラームたちはレベル700前後だった。その過去魔王たちと比べても、桁違い——そんな奴が存在するとは。

「ぜひ味方に引き入れたいな」

ゼガートの反乱で魔界は混迷状態だ。強い魔族は一人でも多く、味方に欲しい。

ただ、そいつを直接探知するのはステラに危険が及ぶ。

まずは最初の目的通り、ここがどこなのかを探るべきだろう。

「今度は魔力ではなく風の動きや水の流れなどを感知して、周囲の地形を探ってみます。上手くいけば、ここがどこなのか分かるでしょう」

「さっきみたいにお前がダメージを受けることはないのか？」

「地形に対する探知ですから大丈夫です。では――」

ステラがふたたび探知を始める。そして数分後、

「まさか、そんな……!?」

彼女は愕然とした様子でうめいた。激しい動揺を表すように、三つの瞳が激しく揺れる。

「ここは――過去の魔界のようです」

「過去の……魔界!?」

俺は驚いてステラにたずねた。

「それも数十万年以上前の――神話でのみ語られている、超古代だと思われます」

「俺たちは時間を移動してきた、っていうのか？」

「時空の流れが激しく乱れている痕跡を探知しました……もしかしたら、ゼガートの封印装置が破壊された際の爆発エネルギーが影響しているのかもしれません」

ステラも、まだ呆然とした顔だ。

「時間を移動するなど、どんな魔法をもってしても不可能ですし、正確な理由は不明ですが――」

神話の時代に来てしまうとは、信じられない話だ。

とはいえ、俺は彼女の『眼』を全面的に信頼している。もちろん、彼女自身のことも。

だからステラが『ここは過去の魔界だ』というなら信じよう。

そして、その前提で今度の行動方針を決めなければならない。

「まず確認だ。俺たち以外にも、この世界に迷いこんだ魔族がいるのか？」

「探ってみます」

ステラがふたたび第三の瞳を輝かせた。

「反応が——二つ。アンデッドと獣人系ですね」

アンデッドというのはリーガルだろうか。ということは、獣人系はゼガートか？

「じゃあ、まずはその二人と合流しよう」

「よろしいのですか？　もしもリーガルとゼガートだった場合——」

「リーガルに関しては、大丈夫だと思う。ゼガートも——奴の切り札はすでに破壊したし、戦闘になったとしても追いこまれる可能性は低いだろう」

俺は不安げなステラに答えた。

「敵になる可能性が低いとは言えないが、実際に会って、奴らの反応を見てから対応を決めても遅くない。そもそもリーガルやゼガートとは限らないしな」

「承知いたしました。フリード様のご意思のままに」

「行こう」

俺たちは進み始めた。

神話の時代の、魔界の大地を——。

荒野をしばらく進むと、前方からまばゆい輝きがあふれた。

「なんだ、あれは……?」

赤、青、緑の三色に明滅する半球形のドームだった。

あちこちにパイプやチューブが取り付けられた、機械的な外観。

「接近者発見……マスターの快適な眠りを妨げる者……排除する……」

無機質な声が響いた。装置のあちこちから細い機械腕が伸びてくる。十数本の機械腕の先端部に、魔力の輝きがいっせいに宿った。

『『ラグナボム』』

『『ルシファーズシールド』』

放たれた十数発の黒い魔力弾を、俺は魔力障壁を自分とステラの周囲に張ってしのいだ。

『『ラグナボム』』――魔王クラスの魔法を撃ってくるなんて。

「なんなんだ、この装置は」

俺はステラと顔を見合わせる。

「立ち去れ……マスターの安眠のために……」

なおも装置は十数本の機械腕を揺らし、警告らしきものを送ってきた。

安眠のため、というフレーズがどことなく間抜けだが、裏腹に攻撃魔法は一級だ。

「悪いが、こっちも身を守らせてもらうぞ」

俺は右手を突き出した。

『『メテオブレード』』

炎の剣を数十本まとめて射出。装置の機械腕をすべて切り裂く。

「中に誰かいるのか」

俺は装置に向かって問いかけた。

「やれやれ、私の『究極快眠魔導昼寝装置《ウルトラアルティメットベッドルーム》』が破壊されてしまった」

ため息まじりの声は背後から聞こえた。

「ここは禁止区域だよ。君たちは、どこから紛れこんだのかな」

振り向くと、そこに一人の魔族がいた。

「お前は――」

銀色の髪に紫色の衣装。あどけない顔立ちをした少年である。

「ジュダ……！」

こいつも過去の世界に来ていたのか。

俺に気配も感じさせず、背後に回るとはさすがだった。

「ん、誰かな、君は？」

ジュダはキョトンとした顔で首をかしげる。

「……すさまじい魔力を感じるね。魔力量なら私が魔族一のはずなんだけど、君はそれをはるかに上回っている。一体、何者？」

飄々とした表情が引き締まる。

「それに――なぜか人間の気配まですするし」

「俺が分からないのか、ジュダ？」

眉根を寄せる俺。

「私の知り合いに、君のような魔族はいないよ。そっちの少女もね」

ジュダは俺とステラを見て、断言した。

記憶でも失っているんだろうか。それとも――。

「どうした、ジュダ？」

「ああ、ちょっと変わった魔族たちと出会ったんだよ」

ジュダは新たに現れた魔族の方を振り返る。

こちらは華奢なジュダとは対照的に、筋骨隆々とした偉丈夫だった。

金や翡翠でかざられた豪奢な甲冑をまとっている。いかにも武人といった雰囲気である。

「君も興味があるかい、ヴェルファー？　強さなら、私や君に匹敵――もしくは上回るかもしれないよ」

「ほう、それは興味深いな」

うなる武人魔族。

ちょっと待て。今、なんて言った？

こいつの名前は――。

「まさか……」

隣でステラも息を飲んでいる。

「なるほど、とてつもない魔力を感じる。お前のような猛者がいたとは……嬉しいぞ。くははは！」

武人魔族が豪快に笑った。

「俺は魔王ヴェルファー。こいつは側近であり、相棒でもある魔導師ジュダ。お前の名を聞かせてくれ」

ヴェルファー。

それは――始まりの魔王の名だ。

《了》

特別収録

獣帝の野望

Manadeshi ni Uragirarete Shinda Ossan Yu-sha,
Shijyosaikyo no Maou Toshite Ikikaeru

「どうやら獣帝《ギガントロア》ルッゾが引退されるようです、ゼガート様」

ゼガートが側近のシグムンドから報告を受けたのは、その日の朝のことだった。場所は、魔王軍第四軍の本部基地だ。

「ほう」

黄金の獅子の獣人――ゼガート・ラ・ルドセラがうなる。

時は、魔王ハジャスの治世。次代の魔王ユリーシャ、さらにその次の魔王フリードの時代からおよそ五百年ほど昔である。

ゼガートは獣帝《ギガントロア》ルッゾが率いる魔王軍の第四軍に所属している。軍でも一、二を争う猛者としてその名を轟かせており、次期獣帝《ギガントロア》にもっとも近い男、という評判もあった。

「ふん、お前たちルドセラ家の権勢もここまでだな。次の獣帝《ギガントロア》になるのは俺だ」

ゼガートの前に一人の魔族が歩いてきた。

刃のように鋭い角を備えた、凶悪なサイの顔。ゼガート以上に隆々とした体躯で、重厚な甲冑をまとっている。

彼と同じく第四軍に所属する獣人系の魔族――ゼムルスだった。

「随分と自信があるようだな」

「当然さ。第四軍で一番強いのは俺だ。そして獣帝になれるのは、獣人系魔族で最強の戦士のみ――」

「ふむ、最強の戦士……か」

確かにゼムルスは強い。ゼガートもそれに引けを取らないつもりだが、確実に彼に勝てるかと言えば——正直、自信はない。

仮に三本勝負をしたとすれば、そのうちの二本はゼムルスがとるだろう。

(最後の一本をどうにか自分がとれるかどうか……)

「ははは！　今の言葉を聞いても、俺に挑もうともしないのか？　『最強は儂だ。なんなら力で証明してみせようか？』くらいのことは言ってほしいもんだな」

「儂は、そこまで自信家ではない」

「腑抜けが」

吐き捨てて、ゼムルスが背を向ける。

「貴様、ゼガート様に向かってその暴言は——」

「よい、シグムンド」

幼少のころからの従者に告げるゼガート。

確かに憤りはある。だが、それはゼムルスに対してではなかった。

(なぜ儂は、こんなにも弱い)

魔王ロスガートを輩出した誉れあるルドセラ家、その正統後継者たる自分が、今も言われっ放しだった。

実際、ゼムルスの方が自分よりも実力が上だと思うと、ゼガートは言い返す気持ちになれなかった。

そんな覇気のなさが、また嫌になる。

「儂は誉れあるルドセラ家の名を高めたい。偉大なるロスガート陛下以来、我が一族からは魔王が出ておらぬ。魔軍長にすら就けない代もある。儂とて、どうなるか分からん」

「ゼガート様、あなたはお強い。ロスガート陛下の再来とまで言われるお方――」

「皆、買いかぶっておるのだ」

「その自信のなさを払拭できれば、あなたは今よりもはるかに高みへと行けるでしょう」

「性分でな。これればかりは……儂は自分が強いとは、どうしても思えぬよ」

ゼガートは自嘲気味に言うと、シグムンドから背を向けた。


魔王軍、第四軍――獣人系の魔族を主体に構成され、近接戦闘においては魔王軍の七軍の中で最強を誇る集団だった。

「私は迷っている」

その第四軍の前に現れた魔王ハジャスが、ため息をついた。

「獣帝《ギガントロア》とはこの魔界でもっとも剛の戦士に与えられる二つ名。ゼガート、ゼムルス、お前たちのいずれがふさわしいのか――」

「私です、陛下」

ゼムルスが進み出た。

「いえ、儂こそが」

ゼガートは一歩、出るのが遅れた。やはり気後れしてしまう。

「どちらも己こそが最強だと主張するわけね。その意気やよし」

美しき女魔王が妖艶にほほ笑んだ。

「だけど、真の最強は一人。それは、お前たちのどちらかしら?」

「それは、我が力で示して見せましょう。このゼガートを打ち倒して。それこそが魔界のルールでありましょう、陛下?」

「よく言ったわ。では、お前たち――この私の前で戦ってみせなさい。勝った方を次の獣帝《ギガントロア》とするわ」

笑みを深める魔王ハジャス。

「くくく、魔王様のお許しが出た。これで心置きなくお前を叩きのめせるぞ、ゼガート」

「……ふん、戦うしかないようだ」

ゼガートはうなりながらゼムルスを見据えた。


戦いは互角だった。ただし序盤だけは。

戦況は徐々に――だが確実に、ゼムルス優勢へと傾いていく。

「『破壊の爪撃《プラスティクロー》』」

互いに振り下ろした爪は衝撃波を生み、大地に亀裂が走った。

「くっ……」

後退したのはゼガートだ。

同じ戦技でも、ゼムルスの方が威力が上だった。さらに牙でも、尾でも――。

ぶつかり合うたびに、ゼガートが後退する。

(やはり、勝てないのか……)

「獣の世界は弱肉強食！　弱者であるお前は、強者である俺の糧になる！」

ゼムルスが爪を繰り出す。ゼガートの胸元を――心臓をめがけた一撃。避けられなければ、おそらく死ぬだろう。

「糧に……」

それが己の生の終わりなのか。

ただ他者の踏み台になるだけの、一生。

――嫌だ。

生まれて初めて意識した強烈な『死』の感覚。それが引き金となったのか、ゼガートの胸に強烈な欲求が湧き上がった。

生きたいという渇望。終わりたくないという衝動。他者の糧になどなってやるものか、という闘志。

そして、克己《こっき》。

糧になるのではなく、自分が他者を糧にするのだ。

ゼガートは、初めて気が付いた。

自分の本心に。自分の本性に。

「もう逃げぬ。ひるまぬ。儂はただ、儂の心に従うのみ――」

ゼガートはゼムルスの爪を自らの爪撃で弾き返した。

「何っ、さっきまでとは威力が――」

「ぎりぎりの土壇場で、ようやく自分の気持ちに気付くとは。我ながら悠長な性格だ」

ゼガートが息を吐きだす。目の前のゼムルスから威圧感が、消失している。奴など怖くない。自分にとって何の脅威にもならない。

「お前はもう儂の敵ではない」

「な、何……!?」

「お前はただの――獲物だ」

ゼガートの体中から力があふれる。ルドセラ家に脈々と受け継がれてきた『力』だ。

魔紋。かつての魔王ロスガートが行使したという、白兵戦能力を爆発的に増加させる魔の紋様である。

つまり――ゼガートのうちから目覚めたのは、魔王と同質の力ということだ。

「そうか、儂は」

目指す場所が、違っていた。獣帝《ギガントロア》になり、ルドセラ家の威光を示そうと思っていた。そのためにずっと力を磨いていた。

だが、違う。

「な、なんだ、この波動は――」

「儂が目指すのは魔軍長ではない」

うろたえるゼムルスに言い放つゼガート。

そう、彼が目指すのはその先にあるもの——魔界の頂点だ。

(儂は、いずれ魔王になる!)

ゼガートははっきりと自覚する。

いつの間にか自分の枠組みを自分で決めていた。そこそこの戦闘力はあるが、しょせんそれが限界。

魔軍長にもなれるかどうか分からない、と。

自分を冷静に分析しているつもりだった。

だが、それは逃げだった。ゼガートは自分自身と向かい合うことを、無意識のうちに避けていた。

「儂はもっと『上』にいける。もっと強くなれる。だから、今——まずはお前を打ち倒すとしよう」

ゼガートが爪を振り上げる。牙や尾を繰り出す。

獣としてのあらゆる攻撃を織り交ぜた、嵐のような連撃——。

「ぐっ……があああっ……!?」

一瞬の後、ゼムルスは無数の肉塊と化してその場に転がっていた。


こうしてゼガートは新たな獣帝に就任した。

「次は第四軍を見ておかねばならんな」

と、今後は自分が統括することになる第四軍のもとへ向かおうと魔王城内を進む。

「ふむ、お前が新しい獣帝《ギガントロア》か。よろしくの、ゼガートとやら」

黒いローブをまとった美女が話しかけてきた。

「お前は？」

「ユリーシャという。極魔導《マスター》の地位にあるものだ。魔界最高の魔導師ぞ」

どうやら魔術師型《メイガスタイプ》の魔族のようだ。

本人が豪語する通り、確かにすさまじい魔力を感じる。

「ライバル登場、といったところね、ユリーシャ」

別の魔族が近づいてくる。貴族のような気品をたたえた彼女は、ユリーシャに負けず劣らずの美女だった。額には黄金に輝く第三の瞳がある。

眼魔《がんま》——あらゆる瞳術に長けた魔族だ。

「魔神眼《ヴィジョン》マルセラ・ディー・アーゼルヴァインよ。初めまして、獣帝《ギガントロア》さん」

「お前たちも魔軍長か。これからは同僚だな」

ゼガートが鼻を鳴らした。

「で、ライバルというのは？」

「もちろん、次期魔王の、ね」

微笑むマルセラ。

「現在の魔王様は高齢よ。遠からず、私たちの中から新たな魔王が選出されるでしょうね」

「……ほう？」

ゼガートは眼光鋭く彼女を見据えた。

「お前たち眼魔はあらゆるものを見通すという。儂らの中の誰かが次期魔王になる未来でも見えたか？」

「いくら眼魔《がんま》でも未来を――運命を視ることなどできないわ。少なくとも、私には」

マルセラの第三の瞳が妖しく輝く。

「お主はどうだ、不死王《ロードアンデッド》？　次期魔王の資質なら、お主にもあろう？」

ユリーシャの声に、かつ、かつ、と足音を立てて進んできたのは、髑髏の剣士。

彼の武勇は、ゼガートも知っていた。

不死王《ロードアンデッド》リーガル。魔界最強の剣士と呼ばれるアンデッドだ。

「俺は魔王の座になど興味はない。剣に生き、剣に死ぬ――それだけだ」

いかにも武人らしい台詞を告げるリーガル。

「俺が望むことは一つ。貴公らの誰かが次期魔王になったなら、ぜひ人間界への侵攻を増やしてほしい」

「お主の人間嫌いも筋金入りだな」

ユリーシャが笑う。

「私も人間は嫌いよ。あんな下等生物――私が魔王になったら、すぐに滅ぼしてやるわ」

「同感だな」

マルセラの言葉にうなずくユリーシャ。

「ゼガート、お主はどうだ？　魔王となったとき、何を成す？」

「儂は――」
ゼガートは一瞬、遠い目をした。
かつては想像することさえなかった、魔王の座。
だが、今はぼんやりと――少しずつ思いが強くなっている。
野心の炎はまだかすかなもの。
だが確実な火種となり、ゼガートの胸の芯で燃えていた。

《特別収録／獣帝の野望・了》

あとがき

六志麻あさです。はじめましての方ははじめまして、お久しぶりの方はお久しぶりです。

おかげさまで、サーガフォレスト様から『愛弟子に裏切られて死んだおっさん勇者、史上最強の魔王として生き返る』三巻を出版させていただけることになりました。

ついに三巻ですよ、三巻（ぐぐっ）。

三巻までくると『シリーズもの』という感じが強くなる気がしますね。これも一巻や二巻を購入してくださった方々のおかげです。本当にありがとうございます！

本作は、なろう版の七章から一〇章（厳密には一一章の冒頭）までを出版に当たって読みやすいように加筆修正したものに加え、書き下ろしのエピソードが収録されています。

書き下ろしエピソードの内容は七大魔軍長の一人、獣帝ゼガートが主人公の短編です。本編とは少し違うゼガートの一面を掘り下げてみました。この書籍でしか読めないエピソードですので、ぜひお読みいただけましたら幸いです。

そして、今回もカンザリン先生の素敵なイラスト満載です。魔軍長ゼガートやオリヴィエ、ツクヨミ、四天聖剣のシオンやリアヴェルトが初登場ですね。こちらも一巻や二巻同様にお楽しみくださいませ～！

さらに、専門店さんによっては特典として、書き下ろしのＳＳがつきますので、購入予定の方はそちらもご考慮いただけましたら幸いです。

そして――本書のコミカライズ企画も進行中です！

竹書房様のＷＥＢコミックガンマぷらすで掲載される予定ですので、チェックしていただけましたら幸いです。また、コミカライズが始まりましたら、原作同様にこちらもお楽しみいただけると嬉しいです。

もちろん原作小説の方も、なろうで連載中です。こちらは三巻の続きである一一章以降も読めますので、本書が気に入っていただけた方は、ぜひそちらもお読みいただければと思います。

では紙面も尽きてきたので、謝辞に移りたいと思います。

三巻を出版してくださった一二三書房編集部様、また一巻や二巻同様に様々なアドバイスをくださった担当編集のE様、並びに、毎回とても素敵なイラストの数々を描いてくださるカンザリン先生、さらに本書が出版されるまでに携わってくださった、すべての方々に感謝を捧げます。

もちろん本書をお読みいただいた、すべての方々にも……ありがとうございました。

それでは、次巻でまた皆様とお会いできることを祈って。

二〇二〇年一月　六志麻あさ

愛弟子に裏切られて死んだ
おっさん勇者、
史上最強の魔王として生き返る 3

発　行
2020年2月15日　初版第一刷発行

著　者
六志麻あさ

発行人
長谷川　洋

発行・発売
株式会社一二三書房
〒101-0003　東京都千代田区一ツ橋2-4-3 光文恒産ビル
03-3265-1881

デザイン
erika

印　刷
中央精版印刷株式会社

作品の感想、ファンレターをお待ちしております。
〒101-0003　東京都千代田区一ツ橋2-4-3 光文恒産ビル
株式会社一二三書房
六志麻あさ 先生／カンザリン 先生

Printed in japan, ISBN 978-4-89199-613-0
※本書は小説投稿サイト「小説家になろう」（http://syosetu.com/）に
掲載された作品を加筆修正し書籍化したものです。